U0916819

# 花开新时代

杨钥然 著

江苏凤凰文艺出版社
JIANGSU PHOENIX LITERATURE AND ART PUBLISHING

**图书在版编目(CIP)数据**

花开新时代/杨钥然著. —南京：江苏凤凰文艺出版社，2020.12（2024.5重印）
ISBN 978-7-5594-5328-0

Ⅰ.①花… Ⅱ.①杨… Ⅲ.①短篇小说-小说集-中国-当代 Ⅳ.①I247.7

中国版本图书馆 CIP 数据核字(2020)第 206998 号

**花开新时代**

杨钥然 著

---

责任编辑　姜业雨
助理编辑　张　婷
特约编辑　姚永东
装帧设计　王晨玥
插图设计　朱岑岑
责任印刷　刘　巍
出版发行　江苏凤凰文艺出版社
　　　　　南京市中央路 165 号，邮编：210009
网　　址　http://www.jswenyi.com
印　　刷　三河市兴国印务有限公司
开　　本　880 毫米×1230 毫米 1/32
印　　张　5.5
字　　数　100 千字
版　　次　2020 年 12 月第 1 版
印　　次　2024 年 5 月第 3 次印刷
书　　号　ISBN 978-7-5594-5328-0
定　　价　69.80 元

---

江苏凤凰文艺版图书凡印刷、装订错误，可向出版社调换，联系电话 025-83280257

# 序

刘志刚

受江苏凤凰文艺出版社编辑的邀请，让我为杨钥然的小说写序言。我有些惊讶，欣然应允。江苏凤凰文艺出版社为儿童正式出版小说，足见这书的含金量之高。同时，我也为曹文轩儿童文学奖组委会能发现并加持优秀的文学创作苗子而感到欣慰。

儿童，在人类历史长河中，一直是缺位的，或者说是被历史遗忘的。步入近代以来，人们才开始尝试去理解儿童。但非常遗憾的是，我们的所思所想、所作所为，还停留在浅层次上，无论在物质世界还是精神世界，都处于摸索的阶段。就像我一直说的：童年的秘密还远远没有被发现，童书的价值还远远没有被认识。对于我们来说，童年仍然是一个“黑匣子”，对这个“黑匣子”的破解，我们一直在行动，但还没有具有突破意义的重大发现。

童年一闪而逝，儿童瞬间成人。如果我们认真、用心地研究儿童，如果我们用立体的思考对待儿童阅读，我们一定会发现，人类文明的王冠之上，最为娇嫩也是最为美丽的那颗珍珠，就是儿童的精神世界。儿童阅读让儿童的精神世界变得更为美丽，儿童阅读也能塑造儿童美好的人格，能创造一个民族美丽的未来。

儿童的世界很精彩，儿童的内心世界很丰富，儿童的情感很纯洁。儿童文学作家通过写回忆录的方式，书写自己的故事，或者收集儿童的故事，虚构儿童的世界，这种成人的儿童文学，让儿童通过阅读，寻找情感共鸣，拉近与儿童的距离。这种精神产品，是儿童喜欢的。儿童也通过阅读，进一步汲取写作营养，久而久之也会产生创作的冲动，也想把自己的故事，或者自己虚构的故事与同伴分享。

杨钥然的作品《花开新时代》讲述了一群朝气蓬勃、个性鲜明的少年们的成长故事。小说由十几个故事整合而成，这可以看出杨钥然平常是一个善于观察、善于发现、善于思考的孩子。小说的虚构是来自自身已有的生活，是源于生活高于生活的形式。纵观整篇小说，我认为有以下几个鲜明的亮点：

1. 以时间为线索，巧妙安排结构。故事从五年级的秋学期写起，自然向后延伸。五年级的故事发生了很多，有班长之争，有甩辫舞，有寻找狗主人等。然后随着时间的推移，到了六年级，集中写六年级的故事。时间是连贯故事前后的线索。这样的结构，叙述清晰，框架明显，五六年级各是一个框，把其中发生的故事巧妙地往里面塞。对于小学生来说，也易于把握。

其实，仔细分析，小说还有其他的暗线索。如参加校园文艺演出就是一条线索。五年级的时候，班级里排甩辫舞参加学校的“蓓蕾初放”的演出，六年级时的快闪节目参加“花开新时代”的演出。这条线索就像故事的主动脉，树木的主干，其他的是滋生出来与之有关联的枝干。

文中杨旸的内心世界也是小说的暗线。杨旸是故事的经历者，或者是故事的叙述者，情节的发展伴随着杨旸的心理活动慢慢推进。人物的内心世界，为抒发情感找到了一个巧妙的切点。事情与心理相辅相成，是明线与暗线的巧妙结合。

2. 人物形象鲜明，关注细节描写。叙事为主的小说，以人物为中心。小说以杨旸、徐玉瑶、马千惠、吴梓晗为主要人物，这些人物个性鲜明。杨旸情商高，心思缜密，多愁善感，常常会站在别人的角度思考问题，深得同学的喜爱；徐玉瑶性格直率，活泼开朗，学习成绩优秀，就是有“公主病”；马千惠心地善良，沟通能力强；吴梓晗性格内敛，喜爱舞蹈。这些可爱的孩子，通过一个个故事呈现出她们的特点。如“治治公主病”的故事，把徐玉瑶娇气、偷懒、怕吃苦的形象淋漓尽致地表现出来。军训前和军训后的徐玉瑶判若两人。表现人物性格特点的时候，杨钥然注重抓住细节来描写，如军训的时候，教练让徐玉瑶做俯卧撑，可是徐玉瑶耍赖，杨旸和马千惠等人就监督她做。人物形象的生动，正是来自这些细节的描写。

3. 情节一波三折，引人入胜。有个故事说在海岛上，有一个萨桑王国，有个国王厌恶妇女，他每天都要娶一个女子来过一夜，次日便杀掉再娶，完全变成了一个暴君。这样年复一年，持续了三个年头，杀掉了一千多个女子。有一个女子叫山鲁佐德，她自告奋勇地要嫁给国王，她要试图拯救千千万万的女子。山鲁佐德进宫后每天晚上都给国王讲一个故事，但是她每天晚上讲故事，却只讲开头和中间，不讲结尾。国王为了听故事的结尾，就把杀山鲁佐德的日期延迟了一天又一天。就这样，山鲁佐德每天讲一个故事，她的故事无穷无尽，一个比一个精彩，一直讲到第一千零一夜，终于感动了国王。山努亚说：“凭安拉的名义起誓，我决心不杀你了，你的故事让我感动。我将把这些故事记录下来，永远保存。”于是，便有了《一千零一夜》这本书。这当然是个传说。它透露了小说的写作技巧，故事情节要曲折，能像磁铁一样吸引读者。

这部小说中的故事都是独立的，但是也有互相关联之处。这些故事充满“波折感”，也就是小说的情节发展一波三折、跌宕起伏。比如，甩辫舞的章节，其实就是叙述吴梓晗接受继母的故事。从整个过程看，吴梓晗初闻继母消息，是拒绝的，但是又找不到拒绝的理由，只得无奈地接受。虽然与继母同一个屋檐下生活，但是她内心里是不接受她的。但是，当她知道自己的假发是继母送给她的，是继母为她剪去多年的长发，那一刻她被感动了，轻轻地一声

“妈”，两行热泪，这是吴梓晗感动的细节，是她从内心里接受继母的表现。

再如，“快闪”的章节。六年级的孩子是最后一次参加校园文化艺术节了，排什么节目，大家有分歧，于是出现了两支队伍，一支是官方的队伍，一支是民间的队伍。两支队伍的矛盾碰撞，让他们感到应该整合，发挥各自所长。当意见统一后，节目送审又未能通过。怎么办？马一鸣等人想出了利用网络的方式推出他们的节目，一是保存他们曾经的努力与智慧的结晶，二是网络的传播方式能让他们拥有更多的观众。没想到，这一传播方式，引起了蝴蝶效应，得到领导的赏识，让这一与众不同的节目在“花开新时代”的舞台上大放光彩。这样的故事，一波三折，读者一旦进入故事的情境中，就会不由自主地被作品的情节吸引。在故事情节进展的过程中，作者叙述时又注重张弛有度，给读者以美的享受。

跟随着杨钥然的小说，走过了烂漫无比的童年时光。感受到杨旸们的精彩的学习生活和丰富的内心世界，这是儿童在书写自己的故事。相信更多的孩子读了以后一定会受到启发，你会发现杨旸们的故事，好像我身边也有，也曾经发生过相似的事情，只可惜没有及时捕捉，没有用心把它们串联起来。

临渊羡鱼，不如退而结网。孩子们，与其羡慕，不如拿起你的笔，去记录身边的故事吧，去发现身边的人物，编织属于自己的故事。

（刘志刚，著名儿童文学作家，畅销书作家，资深动画编剧，喜欢为孩子们写好玩的书和动画故事，参与创作的多部动画片在中央电视台少儿频道播出。）

# 目录 花开新时代 MULU

# 楔　子

海边是杨旸最爱去的地方，她去那里不是为了看海，更多的是为了捡潮汐过后沙滩上留下的贝壳。

她说，看到大海，心情会像海一样辽阔，各种忧愁也会随之消失。

杨旸觉得海是忧愁的，阵阵的海浪声，在她耳朵里不是悦耳的歌声，而是低沉的哭泣。她情不自禁地吟起《红楼梦》中的《葬花吟》："闺中女儿惜春暮，愁绪满怀无释处。手把花锄出秀帘，忍踏落花来复去?"诵着诵着，心情就变得明朗起来。

"唉，我真是个怪人，真的很矛盾。"杨旸边想边回头看看沙滩上留下的一串串脚印。她就像一只快乐的雏鹰，虽然羽翼未满，却幻想冲出云霄的那一刻。

# 1. 鸡肋班长

## （一）

炎炎夏日，似乎没有要走的意思。九月不知不觉地到来了。寂静了一夏的校园从炎热中醒来。校园的银杏树依然枝繁叶茂，折扇形的绿叶绿得那么耀眼，在阳光下闪动绿波。远远看去，一棵棵大树像一把把绿绒大伞。阳光透过密匝匝的树叶，将斑斑驳驳的光投到绿油油的草坪上。绿荫下，同学们三五成群地聚在一起，谈笑风生，似乎把憋了一夏的话都吐槽出来。

“杨旸，暑假你去哪儿了？看到你发到朋友圈的照片，好像在北京故宫？”徐玉瑶笑着对杨旸说，露出洁白的牙齿，还有浅浅的酒窝。

马千惠抢着说：“不是故宫，是明清宫，一定是在浙江横店影视城拍的。那个地方我去过……”

“别插话！”吴梓晗做出“打断停止”的手势说，“班长大人还没发言呢？你就胡乱猜测。”

“谁胡乱猜测呀？我说话是有根据的，不信，你问问班长大人。”

杨旸、徐玉瑶、马千惠、吴梓晗四个人是好朋友。从小学一年级就是同学，几次分班，都没把她们分开，这大概是巧合吧。她们也珍惜这份友情，是无话不谈的闺蜜，当然见面掐架，相互拆台补刀，也是司空见惯的。

“怎么？都这么关心班长的生活？班长去哪儿了都要向你汇报？”徐玉瑶叉着腰，指着马千惠和吴梓晗说。

“你不也关心了吗？”马千惠和吴梓晗形成了攻守同盟，共怼徐玉瑶。

杨旸正要应答，熟悉的上课铃声催促她们走进教室。

第一节课是语文课。语文老师姓吴，也是班主任，四十出头，白净的脸上架着一副紫色的眼镜，笑起来嘴角弯弯的，煞是好看。据说，吴老师是从我市的一所四星级高中调过来的，准确说，是从暑期众多的应考者中考出来的。我们玉带桥实验小学，是省实验小学，是全市小学的窗口学校，是对外宣传的名片，是众多家长争着抢着要把孩子送进来的学校。这几年学区房的扩建，让学校承受了不小的压力。学区房，是房地产商销售的噱头，人家买了学区房，理应就近入学。但是玉带桥小学生源人满为患，由年级四轨（一个年级有四个班级）扩展到年级八轨，再由八轨增加到十六轨。班级增加了，相应的教师就要增加。教师从哪儿来呢？教育局的方法就是考，通过考试选拔优秀的教师。吴老师就是从应考者中过五关斩六将，最终与杨旸班的同学有缘相遇的。

当时，杨旸得知吴老师是从高中调过来的，惊讶地张大嘴巴：“什么？高中老师？她是不是犯了错误了？要不，怎么会来教小学的？教小学薪水一定比教高中少很多？再说，我们这群小学生叽叽喳喳的，她一个高中老师怎么会适应呢？……”杨旸还想继续说下去，似乎对这个话题充满好奇。

“停！”做公务员的妈妈立即打断杨旸的话，她清了清嗓子说，“你能不能别往歪处想？你的语文老师是百里挑一，才会被选到你们学校的。她的文学素养高，能教给你们更多的知识。”

吴老师知识渊博，在课堂上随时都能引经据典说出一首古诗，或者冒出一句谚语，蹦出一个成语，妙语连珠，语惊四座，让杨旸情不自禁地佩服起来。杨旸酷爱古典诗词，在吴老师的课堂上，正好满足她的需求。她感觉到吴老师就像穿着旗袍的美女教授，手执扇子，站在《百家讲坛》，给学生们端来满汉全席的精神大餐。

开学后第二周的一天，吴老师把杨旸叫到办公室，满脸含笑地对她说：“我们准备推荐你去竞选少先队大队长，你愿意吗？”

“我？”杨旸愣了一下，迟疑地说，“我能行吗？”

“当然能行！‘世上无难事，只怕有心人’，对自己要有信心。回去写一份演讲稿，带过来给我看看。”说着，吴老师做了一个加油的手势。

## （二）

做完作业，杨旸便琢磨着演讲稿该怎么写。爷爷是退休老师，何不向他请教？爷爷喝了一口香茗，笑眯眯地说："这个演讲稿吗？说难也不难。"杨旸像遇到救星一样，忙说："爷爷，您就别卖关子了，告诉我这个演讲稿怎么写。"

"开头要写称呼，中间的内容要写为什么竞选，以及竞选以后会怎样工作，内容要精彩，结尾要像豹尾一样有力，有号召力，让别人投你的票。"

"真没劲，说了等于没说。"

杨旸只得自己思考，理出思路后，那文字就如泉水一般，源源不断地喷涌而出。写完后，再读一读，等妈妈回来，再给她看看。

杨旸妈妈平常工作十分忙碌，加班是家常便饭。当杨旸修改完最后一稿，念完最后一遍，准备睡觉时，妈妈回家了。她接过杨旸的稿子看了看，说："这份稿子写出了你想当大队长的欲望，但是还是缺少点激情。还有，假如没有竞选上呢？也应该婉转地写一写。你看美国竞选总统时，特朗普与希拉里都准备了两份演讲稿，一份是成功后的演讲，一份是失败后的演讲。"

"怎么写呢？"杨旸一下子来了兴趣。

"可以这么说，假如大家觉得我还需努力，我也会不忘初心，继续努力。”妈妈笑着说。

妈妈又把需要修改的地方，用红笔一一标出。杨旸睡意全无，立刻精神抖擞，修改完后，妈妈说：“我来帮你打印下来吧，你睡吧。”妈妈不辞辛苦地打字，房间里安静极了，只听到妈妈“哒哒哒”地敲打键盘的声音。杨旸枕着清脆的打字声，不知不觉地进入梦乡。

周三下午的第三节课是活动课，杨旸到五楼会议室参加大队长竞选。当她再回到教室时，立刻引来了同学们的目光。就像黑暗聚焦的一束光，杨旸就是光源中的明星。

“杨旸，有几个人与你竞争啊?”

“不管是成功还是失败，我们都支持你。”

“杨旸，有几个参加竞选啊？演讲时紧张吗?”

“评委们说了什么？对你有看法吗?”

……

时间过得真快啊！一眨眼到了星期五了，最后一节课是班会课。吴老师满面春风地走进教室，同学们心中一喜，这十有八九是有什么喜事。善于察言观色的同学们对吴老师已经渐渐熟悉了。果然，吴老师说：“这节课还没开始之前，咱们先用热烈的掌声庆祝杨旸竞选少先队大队长成功!”说着，做了个有力握拳的动作，似乎意在把这喜讯的力量传递给大家。话音刚落，教室里响起了雷鸣般的掌声，经久不息。吴老师压压手，做出暂停的姿势，掌声才逐渐变小直到回归安静。

“杨旸担任大队长工作，又要做我们班的班长，她也忙不过来啊。所以，班长的职位，目前还是由杨旸兼任，这是过渡期。我们要另选班长，如果你心目中有合适的人选，可以推荐。当然，要是觉得自己合适，也可以毛遂自荐。”

刚刚说完，教室里又恢复了寂静，也许同学们在猜测着班长的人选，说不定有的同学在酝酿着担任班长的美梦。这时，徐玉瑶高高举起手说：“吴老师，我想推荐一个人。”同学们的目光齐刷刷地聚集在徐玉瑶身上。杨旸心想：你举荐的人，不是马千惠就是吴梓晗，肯定不会是其他人。以我对徐玉瑶的了解，她怎么会让肥水流到外人田呢？

“谁？请说吧。”

在吴老师的催促下，她故意顿了顿，指着自己说：“这个人远在天边，近在眼前，就是我。”“哦——”有的同学发出来嘘声。

“你们别小瞧我，我的学习成绩好，还乐于助人，愿意为班级做事。”

吴老师微笑着点点头，示意她坐下。

“吴老师，我认为马千惠才是最好的人选。她不仅成绩好、品德好，体育还很棒！”吴梓晗举手说。

这让杨旸感到有些意外。徐玉瑶属于个性张扬型的女生，从她毛遂自荐就可以管中窥豹。吴梓晗就不同了，她性格内敛，一向不爱说话，要不是熟悉的人，很少见她开口。就是在班上分享问题的解答，也很少见她举手的。今天的吴梓晗仿佛吃错了药，竟然举荐起马千惠来了。看不懂，想不明。老天啊，借我一双慧眼吧，让我看看我的闺蜜们是怎么想的。

“吴老师，我认为陆瑞更合适。她们有的条件，陆瑞都有。这么多年来，我们班上都是女同学做班干，班长是女的，组长是女的，连体育委员都是女的。”一听就知道，男生们在吐槽。

“你们男生不争气，怨谁呀?”徐玉瑶立刻反驳。

“以前，是男生成绩不理想，现在我们班上转进了陆瑞同学，应该给我们男生机会。”又一位打抱不平的男同学挺身而出。

“好!”吴老师清了清嗓子，说，“通过刚才的举荐，我们班出现了三位候选人：徐玉瑶、马千惠和陆瑞。下周的班会课，我们来民主选举班长。”

## （三）

晚上，做完作业，杨旸打开微信，看到好友马千惠向她发了一条语音。语音只有三秒。点开红色的小点，传来马千惠熟悉的声音：“杨旸，在吗？有事找你。”看时间，是半小时前发的。马千惠一定是有什么事需要我帮忙，而且是重要的事情。她语音里什么都没有说。

杨旸发了一个字回过去——在。马千惠立刻打来语音电话：“杨旸，我俩从幼儿园到现在都是同学，都是好朋友，一晃我们都上五年级了。这次有件事请你帮个忙，可以吗？”

“当然可以。说吧，什么事？”

马千惠欲言又止，杨旸着急地说：“说吧，但说无妨，只要能帮到，一定帮。”

“下周，我要和徐玉瑶、陆瑞竞选班长，你能给我投上一票吗？”

“没问题，你放心！”杨旸毫不犹豫地说。

“谢谢你！”

“谢什么？这都是举手之劳，何况我们还是好朋友呢。”

放下电话，杨旸对马千惠琢磨起来，这个闷葫芦，平常不怎么见她说话，原来心思还很缜密。请我帮忙，还一步步的，先套近乎，再说出请求。这都学的哪儿的？

悦耳的门铃声响了，奶奶开门了，对杨旸说：“杨旸，徐玉瑶来了。”杨旸下楼，只见徐玉瑶捧着新上市的迪士尼城堡乐高，眼前一亮，心中一喜。

杨旸想起那天她和徐玉瑶在上海的研学之旅。在迪士尼的商店里，琳琅满目的商品让她俩目不暇接。徐玉瑶看看这个很好，要买；看看另一个，也很棒，也要买。这里的东西美不胜收，但是最吸引杨旸的还是迪士尼城堡乐高。眼看自己的钱快花完的徐玉瑶，也看中了这件商品，她也要买。徐玉瑶说：“杨旸，你让我买，好不好？”“好啊，你买你的，我买我的。”“我的钱不够，你把钱借给我好不好？”“可我也要买啊，我只有这么多钱!”

“那全给我好了!”说罢，徐玉瑶一把抢过那个乐高，把钱付给服务员。看着徐玉瑶兴高采烈地捧着乐高，杨旸不悦地说道：“太霸道了!”

后来，杨旸去徐玉瑶家玩，见到那个乐高，很想摸一下，却被徐玉瑶打了回来，大叫道：“这可是我花了好长时间才搭好的。你要是把它弄毁了，我不但不让你搭，还要你再赔一个!”

唉！怎么会这样？天底下有这样不讲理的人吗？杨旸心里愤愤不平，却也无可奈何。

“哎，发什么愣?”徐玉瑶递给杨旸，说，“送给你。我知道你爱慕已久了。”

“不,”杨旸摇摇手，说，“君子不夺人之爱，这东西不能要。”

“本来就属于你的。再说，我已经不玩了。”

“那更不能要。”

“What?”

“己所不欲，勿施于人。”

“收起你的文采，收下我的心意。别忘了，我们是好朋友。”

“嗯。谢谢!”杨旸笑纳了。

“我走了，下周必须帮我投上一票。”说完，用食指指着杨旸，像是在下达命令。

杨旸内心一震，不说话了。徐玉瑶以为杨旸默认了，开开心心地离开了。

LEGO

## （四）

竞选班长，就像没有硝烟的战争。这一天，很快就到了。杨旸心里很纠结，因为只有一票，投给谁都不是。她仿佛看到两位好友都把期盼的目光投向自己。

怎么办？这是艰难的选择，总得得罪一个人。徐玉瑶性格张扬，非常要强，得罪她，哼哼，肯定没有好果子吃。她岂能轻易饶过我？马千惠性格温和，在我们四个人中属于人缘特好的那种，她能协调我们之间的关系，每当看到徐玉瑶盛气凌人，欺负吴梓晗时，她总会站出来怼徐玉瑶。当然，姐妹之间都是一些比鸡毛蒜皮还小的事。她倒是不会纠缠我不放，可是我也不能欺负老实人啊？再说，她是第一个跟我说的，我也承诺她的，说话算数，我又怎能言而无信？

闭上眼睛，不去想了。杨旸突然想到一个主意，抓阄吧，让老天爷决定。她从文具包里取出一块橡皮，一面写“徐”，一面写“马”。杨旸捏住橡皮的一端，一抬手腕，橡皮蹦到空中，翻了两个跟头，跌落在桌子上，如同跳水运动员在空中连续翻滚，最后钻入水中一样。杨旸真不敢去看，但是又很好奇，到底谁是幸运儿？只见“马”字在上面。徐玉瑶，只好对你说“对不起”了。可是，杨旸转念又想，一次抓阄是不是不公平？那三盘两胜，第二次，这次是“徐”在上面。唉，真难抉择！当她准备抛第三次时，上课铃响了。

吴老师迈着轻盈的步伐，她的高跟鞋的“哒哒”声，立刻踏平了教室的兵荒马乱。刚才教室里还乱成一团，有说话的，有离开座位的，有玩小游戏的，现在都销声匿迹。同学们对这堂课特别期待，其实不是期待老师上课的内容，而是期待新的班长的诞生。以前一直都是杨旸做班长，现在杨旸高升了，班上要有新的变化了。到底是谁做班长呢？同学们充满期待，虽然大家在教室里不说，但私下里早就议论纷纷。

可是这节课，吴老师上的是语文课，同学们着急了，是不是班主任把这事儿给忘了？性子急的同学张之路想提醒老师，可是老师讲课正讲得精彩，如果说了，会让老师扫兴，甚至还会被批评；不说吧，他又想知道谁是班长。

杨旸的想法跟张之路完全不同。她希望时间快点过去，最好老师别提这事儿。那样的话，她就不会面临两难选择。

吴老师讲课停了，让大家做作业。眼看离下课的时间不多了，张之路站起来说：“吴老师，你上周说要再选班长，还让我们提醒你的。”“对！”台下很多同学不约而同地随声附和。

杨旸立刻紧张起来，该来的总要来的。吴老师说：“老师当然没忘，现在的作业就是选班长。请一位同学来唱票，谁来？”大家都举起了手。杨旸自告奋勇地说：“吴老师，我来为大家服务吧。”吴老师同意了。杨旸心中一喜，她觉得这样她可以不用投票了。然而，她想错了。当吴老师把名字写上去，杨旸把同学们手里的票收上来时，结果班上 50 人，总数只有 49 票。谁没有投票？张之路说：“杨旸没有投票。她刚才只顾着放票收票，忘了投票。”目光再次聚到杨旸这边，杨旸说：“我先唱票，最后投吧。”于是，吴老师报名字，杨旸在黑板上的名字下面画“正”字。结果出来了：马千惠 20 票，陆瑞 16 票，徐玉瑶 13 票。杨旸想：我这一票投给徐玉瑶也没用，大势已去，我就投给马千惠。最后马千惠以 21 票当选新一任的班长。不过，吴老师是这样安排的：“班长是马千惠，学习委员兼语文课代表是徐玉瑶同学。另外，咱们班设一个代理班主任，由陆瑞担任。”

“好！”大家异口同声，结局皆大欢喜。

放学后，新任班长马千惠整队结合，然后举着牌子下楼。一个班两路纵队，排着整齐的队伍，有说有笑地出了校门，与等待已久的家长汇合，同学们就像归巢的鸟儿，一个个欢乐地坐上家长的宝座。当杨旸向马千惠和吴梓晗道别时，她们高兴地与她挥挥手。可是，杨旸与徐玉瑶打招呼时，她装作没看见。杨旸喊道：“徐玉瑶，再见！”徐玉瑶面无表情，冷冷地说：“再也不见！”

## （五）

班长之争，让原本的好姐妹形同陌路。尽管徐玉瑶当上了学习委员，但是她还是对未能当上班长的事耿耿于怀。杨旸找机会跟她解释，却连吃闭门羹。她在微信上发的消息，石沉大海，没有音讯。或许徐玉瑶早就把她的微信号删除了吧？

按理说，马千惠应该感谢杨旸。可是，马千惠向杨旸倾诉，她也很委屈：“为了一个破班长，咱们关系闹成这样。早知道就不竞争了。”

“你怎么了？不是如愿以偿吗？可以为班级多出一份力。”

“唉！做什么呀？除了上课喊一声‘起立’，还能做什么？就像花盆一样，摆放在那里。哪像你做班长时，经常出入老师的办公室。送本子，汇报作业完成情况，参加班干会，主持班会仪式，为班级出谋划策，像个班级的主人。现在，送本子有学习委员，听写词语也是学习委员，统计作业完成情况还是学习委员。班级里的大事小事，还有代理班主任。自习课上，都是代理班主任在管理。你说哪里还需要我？”

“你别忘了，每年的儿童节文艺汇演都是班长牵头组织的，班长责任重大。”

“甭提了，一年才一次，再说班上还有文娱委员，哪有我什么事儿？”

“上周，我们班评为‘文明班级’，不是你这个班长去领的奖吗？”杨旸眼珠一转，立刻找到反驳的案例。

“对，是我。我就是日本的天皇，英国的女皇。对外宣称我是一班之长，可是我也不能啥事也不干。不是我不想干，而是吴老师管理的系统里，我就是花瓶的角色。这个班长啊又就像——”马千惠故意停顿了一下。

“像什么？还卖关子？”

“像鸡肋。食之无味，弃之可惜。”

“哈哈哈……”她俩对视，情不自禁地笑了。

她俩边走边说，不一会儿，就到了肯德基门口。为何要去肯德基？因为那里是她们姐妹经常碰头的地方。马千惠告诉杨旸，吴梓晗马上到老地方。走进去，点餐，找位置坐下。杨旸问：“徐玉瑶现在都不理我了，你和她还好吗？”

“好什么呀？跟她打招呼，她装作没看见。微信上发消息，也不回。总之，再无联系。你呢？”

“和你一样。现在可能就是吴梓晗跟她有联系了。”杨旸说。

当美味的薯条和鸡翅送来时，好朋友吴梓晗也到了。吴梓晗拿起一根薯条，沾上一点番茄酱，放进嘴里细细品尝，大概是番茄酱有点酸，她微闭着眼睛，突然说：“你们俩都和徐玉瑶闹矛盾了。虽然我举荐的马千惠，但是徐玉瑶和我关系还没有那么僵。事情因我而起，解铃还须系铃人。我会找她谈谈的。”说话间，谁都没有注意到一双黑色的眼睛正盯着她们，小爪子在挠着玻璃，吐着红红的舌头，似乎在说：“给我吃点吗？”最先发现它的杨旸被吓了一跳，杨旸是怕狗的。爸爸妈妈也不允许养狗，妈妈说，不养狗安全，万一被咬到，就有狂犬细菌；爸爸说，不养狗卫生，要不然，家里都有狗毛，还有粪便。马千惠发现后也很惊讶：这漂亮的小狗，浑身雪白，像缎子一样。小狗的脖子上还有一个金色的铃铛，闪闪发光。她想送一块鸡翅给它，可是隔着玻璃呢。马千惠指着小狗说：“等着，我送给你吃。”吴梓晗顺着马千惠手指的方向，也发现了这么一条超萌的小狗狗，她也跟着马千惠后面走了出去。

待她们回来后，杨旸说：“我看到小狗脖子上挂着一个漂亮的铃铛，它应该是一只宠物狗。”

“是的，它的毛那么白，摸上去那么顺畅。”吴梓晗说。

“奇怪，怎么没看到它的主人呢?”马千惠说。

杨旸说：“也许它的家就在附近的小区。”

她们三人走出肯德基大门，也没去管那只小狗。因为她们知道小狗是认识家的。但是当她们走过红绿灯时，突然听到一声狗吠：“汪”。她们一回头，那只小狗居然跟着她们到了对面的马路。

# 2 寻找狗主人

## （一）

放学后，杨旸依然与马千惠和吴梓晗有说有笑地走回家。突然，她们眼前一亮，上次那只小白狗竟然没有回家，在一个垃圾桶旁边找食物吃。杨旸说："会不会不是上次的那条狗？哪有这么巧？"马千惠拍拍胸脯说："我敢打赌，就是那条小狗。"吴梓晗说："狗是那条狗，从那个铃铛就能看出来了，但是上次是条萌宠，现在浑身脏兮兮的，是条流浪狗。"

那条灰色的小狗用可怜的眼神望着她们，似乎在说："我饿呀，行行好，能给我点吃的吗？"杨旸不忍心，从书包里找出一根火腿肠，对着小狗扬扬手。小狗心中一喜，眼神发光，立刻来了精神。它飞快地跑过来，围着杨旸她们又跳又叫。当小狗吃完后，杨旸她们向它告别，它也"汪汪"叫两声，好似在说："再见，谢谢你！"

当杨旸来到她的小区，拐过两道弯，到了家门口。一件不可思议的事情发生了，她听到了那熟悉的狗吠声，转身一看，天啦！那只小狗居然坐在台阶上，水汪汪地眼眸望着杨旸。杨旸的奶奶看到了，正要把它赶走，只见它眼眶里溢满了晶莹的水珠。这让杨旸动了恻隐之心。她对奶奶说："奶奶，等一下，我知道它是谁家的狗，我来联系它的主人吧。"奶奶进屋后，杨旸拿起手表手机，打给马千惠："喂，小马呀，你这个班长不是嫌没事儿做吗？我这里有一件特别棘手的事让你做。"

"说吧，啥事儿？还特别棘手？"

"那只小白狗跟我回家了，我妈是不让我养狗的，这你是知道的。你说，现在怎么办？我的奶奶要赶它走，它眼泪汪汪的，我还是第一次看到狗狗流泪。"

"哦，懂了，所以你就可怜小狗狗。小狗真幸运！"

"少来！送给你养吧。"

"不！不！不！我可不要，我不喜欢狗。"

"那你还给它食物吃。"

"喂小狗，给食物，是我喜欢狗。但是我不喜欢养狗。"

"那怎么办？谁可以胜任这项工作？"

"徐玉瑶！她不是最喜欢小狗吗？家里还养着一只泰迪犬呢。不如你先养着，明天就送给她养。"

"好呀，就这么说定了。"

挂下电话的杨旸，感到肩头沉甸甸的。这一晚怎么过啊？家里人这一关就过不了。不管它，先看看厨房里有什么好吃的。杨旸转身走进厨房，端来了米饭和肉骨头。小狗开心极了，不一会儿就吃完了。天空拉起了黑幕。“小狗该住哪儿呢?”杨旸自言自语。

“哪儿来的狗狗?不能把它放在家里,让它在外面过夜吧。”爷爷厉声道。

杨旸悄悄地找来小时候的旧衣服,放在墙角,把小狗安置在一楼和二楼之间的楼梯角落里。从楼上望去,只见小狗蜷着身子,躺在旧衣服上,乖巧地闭上眼睛睡着了。

## (二)

课间,教室里一片混乱。

吴梓晗走过来对杨旸说:“听说那小狗跟你回家了,是吗?”

杨旸点点头:“嗯,我正愁没办法安排小狗呢。”

“把它送给徐玉瑶啊。她最喜欢养小狗。或者干脆把它扔了,让它继续流浪。”

“徐玉瑶不要,只能这样了。”

“放心!我来找徐玉瑶谈谈。”说着,吴梓晗做了个“OK”的手势。杨旸立刻对她作揖。

吴梓晗走到徐玉瑶身边,故意压低声音说:“送你一个礼物,要吗?”徐玉瑶心中一喜,追着问:“在哪儿呢?”吴梓晗指向杨旸说:“在杨旸的袋子里。”

徐玉瑶兴奋地跑过去,问:“杨旸,我的礼物呢?”

杨旸偷偷地拿出一个袋子,打开口袋时,徐玉瑶眼睛都亮了，一只可爱的萌宠。这只萌宠，杨旸起了个大早，给它洗澡。没想到，它的毛是那么白，像牛奶一样，又像汉白玉，让人心生欢喜。小狗眨着它那双眼睛，又轻轻地叫了几声，好像在说："你好!"徐玉瑶抱起萌宠，这个举动瞬间引起轩然大波，周围的同学都聚拢过来。小狗就像一个明星一样。正在这时，上课铃声响了。吴老师走了进来，看到徐玉瑶抱着小狗，厉声斥责："谁让你把小狗带来的?"出于无奈，徐玉瑶只好把萌宠放到教室外面。

也许是狗将她们拴在一起，她们的关系又像从前一样亲密了。总算给小狗找到一个归宿了，杨旸终于松了口气，欣慰地笑了。

当天晚上回家时，徐玉瑶就把她的爸爸妈妈叫过来看小狗。徐玉瑶全家都喜欢养宠物，见到天上掉下来的萌宠，一家人像打了兴奋剂似的。徐玉瑶给小狗洗澡，用吹风机给小狗吹干毛。还给它取了个名字——小白。

"爸，这是什么狗狗?"徐玉瑶问。

爸爸告诉她，这种狗叫金毛犬，是一种宠物犬。金毛犬一般毛是黄色的或棕色的，这种浑身是白色的毛是比较少的。宠物犬一般繁殖率比较低，所以比较金贵。

"小白、小白，快过来，这儿有好吃的。"徐玉瑶做完作业，就用温和的声音呼唤金毛犬来吃狗食。

小白高高兴兴地过来了，"汪汪汪"一阵狗叫把小白镇住了，原来那是徐玉瑶家养的一只泰迪狗，它在警告小白："那是我的食物，你可别想抢。"

“凯蒂，你干什么呢？小白是我家的新成员，你要与它好好相处。”徐玉瑶抚摸着泰迪犬的头宽慰道。

夜深了，两只狗狗，小白和凯蒂四目相对，面面相觑。原以为它们要和睦相处，不料，当徐玉瑶一家人进入梦乡时，“汪汪汪、汪汪汪、汪汪汪……”它们激烈地狂吠，吵得一家人睡不着觉。徐玉瑶只好起床，安慰两只小狗。待它们安静下来，徐玉瑶才去睡觉。可是好景不长，它们又“汪汪汪”地相互吵起来，就像两只争斗的公鸡，一方非要把另一方降伏。徐玉瑶只好又起床，对它们如法炮制。

到了早上，徐玉瑶睡得深沉，任奶奶怎么叫都不肯醒来。都是两只狗狗给害的。爸爸说：“瑶瑶，不是我们不喜欢那只狗，而是一家不容二犬，我们养不得。每天都这样，还让不让人睡觉了？”徐玉瑶点头同意了，大概也被小狗折腾累了。

徐玉瑶带着小白和沉重的黑眼圈来到学校。她把小白放到门卫室，让保安伯伯替她保管。保安伯伯是徐玉瑶家的亲戚，他说：“这么漂亮的狗狗，你买的哪儿的？”徐玉瑶说：“是人家的。”说完，头也不回，赶快直奔教室。

徐玉瑶找到杨旸诉苦：“小白可把我坑惨了。昨天吵得我实在没法睡，我养不下去了。”

“那小白现在在哪儿呢？”杨旸问。

“在门卫室呢。小马，你说怎么办？”徐玉瑶对马千惠说。

“不如这样吧，我们先把小白放在门卫室，然后我们去打广告纸，四处去发一发，说不定能找到小白的主人。”

“好，就这么办，还是小马聪明。”吴梓晗应承道。

杨旸反驳：“现在还有谁看广告啊？我们放学的时候，那么多人发广告，我们不是拿来之后就扔了。这个方法不靠谱。”

“广告还是要做的，我们可以把小白的照片发到朋友圈或微信群，这样不是更好吗？”吴梓晗说。

“靠谱！”大家异口同声。

## （二）

“丁零零”，清脆的上课铃声响起了，吴老师扫视着全班同学，令同学们一阵紧张，是不是吴老师要发火了，大家正襟危坐。吴老师清了清嗓子说：“学校里要举行现场作文大赛，每个班选二到三人参加。”杨旸心里暗暗想：这种比赛我参加多了，老师应该不会又选我吧？果然，不出所料，吴老师不慌不忙地说：“我打算让杨旸、徐玉瑶、陆瑞三位同学参加比赛。如果有想参加的同学，可以自告奋勇地提出来。”老师话音刚落，哪有人自告奋勇？说实话，同学们最怕的就是写作文了。平常写作文，如果有东西写还好办，如果遇到一个题目，感到无从下笔，就是痛苦的事。听说一个故事，古代秀才为写文章发愁。他的妻子说，有什么难的？难道还比女人生孩子难吗？秀才诉苦道，女人生产难，肚子里毕竟还有孩子。我写文章难，肚子里连孩子都没有。虽然是个笑话，但是也道出了无事可写的困难。

NOTE

放学后，杨旸、徐玉瑶、马千惠和吴梓晗四人手挽着手走出校门，来到门卫保安室找小白。可是小白却不见了踪影。

“保安伯伯，我放在这儿的小狗去哪儿了?”徐玉瑶着急地问。

“噢，那只狗在你走后不久，突然看到一位老爷爷，就汪汪大叫，追着老爷爷走了。后来我把它抱回来，它趁我不注意，又跑出去了。我找了几圈都没找到。”保安伯伯说。

正在这时候，她们看到有个拄着拐杖的老爷爷抱着小白，颤颤巍巍地走过来，说：“你们喜欢就抱走吧。”三个人默默地互相看了几眼，杨旸带头问：“老爷爷，这只狗是您的吗?”老爷爷点点头，又摇摇头，眼中含着泪光。

杨旸轻轻地问：“老爷爷，您怎么了?”老爷爷没有回答，只是抱起小狗，轻轻摸着小狗的毛，仿佛陷入了回忆。

杨旸再次询问：“老爷爷?”

老爷对三个女孩抱歉地笑了笑，说：“这只狗啊，可以说是我的，也可以说不是我的。我现在其实也不知道该拿它怎么办呢!”

三个人糊涂了，徐玉瑶直率地问：“您说的是什么意思呀?”

老爷叹了一口气，说：“唉！关于这只狗，我这这个老头就要讲个漫长的故事。就是不知道你们愿不愿意听?”

三人立刻点头：“愿意的!”

爷爷边抚摸着狗边讲。那只狗不知咋的，眼里竟噙着眼泪，水汪汪地望着老人。

## （四）

“这只狗是我女儿的，我在这之前一直住在南京的弟弟家。我过几天要回乡下老家，这只狗我不想带走了。就送给你们吧。”

“老爷爷，您怎么不把它还给您的女儿呀?”徐玉瑶忍不住好奇地问。

“我也希望能还给她啊，可是，她已经不在了……她去世了。”

“老爷爷，您家里没有其他亲人了吗?”

“没有了，我老伴儿在孩子出生后就走了……”

“上哪儿去了?”徐玉瑶好奇地问。

杨旸看到垂暮之年的老爷爷眼里充盈着泪水，就明白“走了”的含义，她对徐玉瑶说:“不该提老爷爷的伤心事。”

徐玉瑶知道自己不该问的，连忙道歉:“对不起，老爷爷!”

老爷爷摇摇头，示意没关系。他停顿了一会儿，继续讲:“我和女儿住在乡下，虽然生活不富裕，过得清苦，倒也非常知足。有一天，我在外干完活儿，回来见可爱的女儿一脸憔悴，问了半天，她告诉我头疼。不知从什么时候起，她经常头疼，这时我才了解到，她以前说自己不能与我相依为命，我都没当回事。我想平常头疼发热的，忍忍就过去了，现在实在忍不住了。

“要去医院给女儿看病!我这么想着，就背起女儿往县城医院赶。县城医院距离我们村有十多里地，我就这样背着她拼命地往村头的车站赶。

“这个傻孩子，头疼得那么厉害，都在我背上浑身发抖了，还不肯喊一声痛。她以为忍着，我就能少担些心，可我怎么会不知道呢？”老爷爷皱着眉头苦笑。

“我们一路拼命地赶，下车我又背着她往医院飞奔，最后到了医院，我拽着医生急得差点儿跪下。医院看到我女儿痛成那副模样，赶紧安排做了检查。当诊断结果出来的时候，我太震惊了，根本无法相信。”

徐玉瑶按捺不住好奇心，问道：“您的女儿得的是什么病？”

老爷爷闭上眼睛，叹了口气，然后睁开悲痛的双眼，说：“脑肿瘤。”

杨旸倒吸一口冷气，马千惠惊讶地捂住了嘴巴，吴梓晗则睁大了眼睛。虽然她们对这个病不太了解，但都知道是特别危险的重病，于是异口同声地问：“那很严重吧？”

“嗯，是的。”老爷爷痛苦地点点头，“当时，医生说，还确定不了是恶性还是良性，我希望是良性的，但是病例出来了，是恶性的。我立刻绝望了，脑袋里像炸了一样难受。我的心在淌血。老天爷啊，为什么要把这种罪降到十来岁的孩子身上？女儿一脸担忧地问我医生怎么说时，我……我决定不告诉她实情，只是跟她说没事，她头痛只是因为感冒发烧一直没好。说这话时我心如刀绞。

“确诊以后，医生说这个病已经到了晚期，基本上没希望了，而女儿，最多只有三个月可活了。我不意相信这个诊断结果。为了救女儿，我把家里值钱的东西都卖了，希望能帮女儿治好病，再不济，能多持些时日也是好的。毕竟，世上有个亲人，人活着有盼头啊……

“女儿后来似乎意识到了什么，她说什么也不肯扎针吃药了。她告诉我，治病了，钱没了，人也没了。不治，还有钱让你养老。不管我怎么劝，她都不肯听。

“在女儿最后的日子，我每天都陪在她的身边。她说，你不要陪我了，有这只狗给我做伙伴就行了。这只由女儿从小养大的狗，天天陪着女儿。她经常对它说话，对它倾诉。她很少喊痛。她走后，下葬的那天，这只狗哭着趴在她身上，久久不肯离去。”

马千惠问：“那您为什么不要宝贝狗呢?”

“走的那天，她是笑着走的。狗已经成了她的心灵寄托呀。现在，她不在了，让狗去寻个新主人。”

“说不定最后的日子里，您的女儿很希望老爷爷您能善待它呢。”杨旸说。

老爷爷点点头：“虽然一景一物都会勾起人伤感的回忆。但是，你说得对，我应该留下它做个伴。毕竟，它也是我的‘亲人’啊。谢谢你们!”

离开的时候，杨旸她们想了很多。

“亲情会一直陪伴着我们，即使阴阳相隔!”杨旸在夕阳下认真地说。

“是的，它一直都在，不管时间怎么变化，空间怎么变化。就像我和妈妈，虽然她不在了，我和她阴阳相隔，但我每次对着她的照片，看着她飘逸的长发，对她倾诉，我都能感到她在倾听，她在陪伴。只不过以另一种方式，静静地守候。”吴梓晗很难得地发表了一番“长篇大论”。

徐玉瑶点点头：“你们说的我都赞同！”

# 3 甩发舞

## （一）

女孩并不知道，她的身影已进入一位摄影师的镜头。在离她十多米的地方，摄影师瞄着取景框对准她。那是一幅很美的画面，时值仲秋，银杏树渐次着了黄色，黄绿参半的树梢筛着阳光，洒了一地斑斓，还有粉色衣裙的女孩——吴梓晗。

吴梓晗侧倚在银杏树上，那枚银杏叶被她的纤纤手指搓转着，看样子她有心事。她的长发才是摄影师取景的艺术主体，那及腰长发黑如乌金，垂如瀑布，润如丝帛。偶有风来，微微飘起。可此刻，吴梓晗的心境与摄影师眼中的意境恰好相反。她心里嘀咕：自己会是这场长发保卫战的胜者吗?

吴梓晗的妈妈有一头如瀑布似的秀发，她最喜欢摸妈妈的柔顺的长发。吴梓晗并非一直爱长发，她留了十几年的蘑菇头。三岁时，妈妈最后一次给她梳头是在病房里。那时，妈妈戴着氧气管，将她的长发中分开来，在头顶两边各扎一个马尾辫。长长的马尾，从耳朵边高高垂下，发梢扫着圆圆的小肩，显得活泼、俏皮。爸爸抓拍了这个镜头，那是吴梓晗和妈妈最后的合影，这张照片一直放在她的书桌上。

摄影师就是吴梓晗的爸爸。妈妈去世后，吴梓晗就留起了长发，日积月累，头发长了，打理头发的时间也就长了。爸爸不像妈妈那样有耐心，每天帮她梳小辫子，吴梓晗就自己学着梳理。爸爸说，还是把长发剪短吧，这样会有更多的时间用来学习。吴梓晗听了，坚决反对。有一头长发多美啊，谁愿意剪成短头发？但是现实是残酷的。在长发保卫战中，吴梓晗败下阵来。每天洗头、梳头，花在打理长发上的时间实在太多。最后，她又恢复了从前的齐耳的蘑菇头。

学校里要举行“文艺汇演”，对学生来说就像“春节联欢晚会”一样，甚至比春晚还重要。今年儿童节汇演的主题是“蓓蕾初放”，要求各班报送节目。报送的节目还要进行筛选，最终保留下来的节目，才能参加演出。

各年级各班级都在选节目、编排节目，搞得如火如荼。可是杨旸班级还是没有动静。马千惠说：“今天我去你家商量编排什么节目？”杨旸同意了。

放学后，她们到杨旸家集中。杨旸和吴梓晗负责找节目，不一会儿，就汇聚了四十几个舞蹈节目。然后，她们一起选出优秀节目。这么多节目哪里看得过来？她们走马观花地观看，突然，徐玉瑶指着一个视频说：“你们看，这个辫子舞蹈，旋律优美，动作很柔美，就选这个吧。”

大家一起欣赏，都非常满意。突然，吴梓晗愤怒地说："好什么好啊？坚决不行！"

"为什么不行？你刚才还说这个动作好学，怎么这么快就变卦了？"

"可是我的头发很短啊，这种舞蹈不都是留给长发的人跳的吗？"

房间里顿时安静下来，都能听到她们紧张的呼吸声。好不容易找到个满意的节目，又怎能轻易放弃呢？徐玉瑶还想再争取一下，她说："吴梓晗，你可以帮我们在一旁指导啊，比如倒点水，做做服务。"

吴梓晗无话可说，气得脸都红了，她走出门，径直朝家走去。

杨旸知道，吴梓晗是真的生气了。她是一个爱好舞蹈的女孩，从五岁开始学习跳舞，学过民族舞、芭蕾舞、国标舞，每天晚上都坚持练习一个小时舞蹈。有时，她的爸爸还把她在家练舞的视频发到朋友圈里。她身材苗条，腹部还有漂亮的马甲线，让班里女生非常羡慕。尤其是马千惠，她嘟着小嘴说，我什么时候有马甲线就好了！

第二天，杨旸、徐玉瑶、马千惠和吴梓晗早早地来到学校。杨旸说："明天就是周末了，你们推荐一个练舞的地方，好吗？"

"你们家三楼不是挺大的吗？还有沙发可以歇一下。"马千惠提出了主意，其他人纷纷点头。

“行，但是我家地面是瓷砖，伤着别赖在我头上。”杨旸说。

“你们家不是有垫子吗？垫着不就好了吗？”徐玉瑶补充道。

“行，行，就这么办。”

当天晚上，四个人聚在杨旸家，翻找甩辫舞的教程，而吴梓晗静静地坐在一旁看，看着她们讨论。都说“三个臭皮匠，顶个诸葛亮”，三个臭皮匠琢磨了半天，动作还是不连贯，不协调。那个“诸葛亮”吴梓晗出马，就是不一样。她说：“跟着我后面跳吧！”吴梓晗仿佛是失业的员工突然又恢复了工作。她手把手地教她们。杨旸、马千惠、徐玉瑶倒也学得快，不到一个小时，基本动作都掌握了。

吴梓晗呆呆地看着她们在练，像丢了魂似的……

## （二）

清晨，红彤彤的朝霞染红了东方的天空，杨旸、马千惠、徐玉瑶就开始闻鸡起舞了，她们在校园的操场上排练，其他班级也在排练，那阵势如同广场舞大妈们在广场上画地锻炼。你瞧，小型的音箱一开，优美的旋律，动听的音韵，如同刚出锅的美食，还没吃到，味道先到。各班的女生踩着动感的节奏，扭动婀娜的腰姿，舞动童年的欢乐。

班主任吴老师也看了她们的舞蹈，连连点头。她对马千惠说：“小马，这个舞蹈就你们三个人跳吗？”马千惠点点头。

“不行啊。人太少了，在大舞台上跳不好看，在年级组审核就有可能通不过。”吴老师一本正经地说。

“这个舞蹈在原来的节目中是十二个人跳舞。吴梓晗把我们教会了，我们再去教其他人。”杨旸说。

吴老师看了佤族《甩发舞》，果断地说：“这个舞蹈必须找到十二个既会跳舞，而且长发及腰的女孩表演。小马，你是班长，这个光荣而艰巨的任务就给你了。”

马千惠要部署工作，第一步就是发布消息。女同学有的非常兴奋，有的摇摇头，露出遗憾的表情；男同学也对女同学评头论足，说谁谁符合条件，谁谁不符合条件。吴梓晗默默地坐在那里，她每年都到儿童节的大舞台上表演，还被学校的“小红花”艺术团选中，到中央电视台表演过舞蹈。

提起去中央电视台演出，就有一段故事。那次，她刚到北京就感到水土不服，再加上北方气温低。南方这里还没穿羊毛衫时，那里已经刮起大风，要穿棉袄了。在宾馆里，北京都开始供暖了。她不小心着凉了，第二天感冒发烧。爸爸知道了，就在微信视频里劝她，别上台表演了，看病保重身体，回来吧。吴梓晗含着眼泪说：“爸，我人都来了，这点小病不要紧。你女儿没这么娇气！你看，纪老师刚才带我去看医生了，吃了药就好。不信，你看，37.5，已经降温了。”爸爸知道女儿不舍这次机会，就不再坚持。那天晚上，吴梓晗站上舞台时，精神焕发，看不出生病的样子，连导演都夸她跳得棒。可是，今年的“蓓蕾初放”的舞台上就没有她的身影，对爱跳舞的女孩来说这是多么残酷？她不会想入非非。一个蘑菇头，还能一夜间长成及腰长发？但是，看到那么多人都被选中了，又让她心生羡慕。

半个月后，节目在年级组评选通过，在学校审核也是一路绿灯。吴老师把节目视频在班会课上播放。十二个女孩，穿着佤族女孩的抹胸背心、齐膝短裤，光着脚丫，手持木槌，一边舞蹈，一边击鼓，鼓声与银色佩饰声声相应，她们个子一般高，都长发及腰，随着舞蹈的节奏，像十二簇黑色火焰在风中舞蹈。

“哇！好漂亮的长发！”吴梓晗后座的男生张小正不禁感叹道。

“我喜欢的女孩，一定要有一头乌黑亮丽的长发。”张小正边欣赏边说起了洗发水的广告词。

“呵呵，像吴梓晗那样的短发女生，你喜欢吗？”张小正跟同桌雷进开起了玩笑。

“去你的！”雷进给了张小正一拳，“那些短发女生，真没长发女生好看。”

吴梓晗还是第一次知道，男生如此看重女生的发型。回到家，吴梓晗对着镜子仔细打量起自己的蘑菇头，还学着跳甩发舞的女生甩了甩，只有额前的刘海动了动，她的头顶像盖了一个厚重的锅盖。

“我也要长发及腰！”她对着镜前的自己大声喊出，不知咋的，鼻子一酸，眼泪夺眶而出，像小溪一样在面颊流淌。

晚饭时，吴梓晗对爸爸说："爸，我想留长发。"她知道爸爸一定会反对，而且反对的理由是长发打理比较麻烦，影响学习，而且爸爸又不会帮你梳辫子。

"我女儿长大了，转眼间就长成大姑娘了。"

吴梓晗疑惑地问："一天天长大是自然的嘛，难道会一天天缩小？"

"不是，不是。"爸爸连忙解释说，"长成大姑娘了，要留长发，爱美了。老爸怎能不同意？只是你长成大姑娘了，出门在外，有些地方爸爸可能不方便照顾你了。"

爸爸这话说得更加莫名其妙。

"爸爸，你不想照顾我了吧？"吴梓晗说，"是不是我现在要照顾你了？"

吴梓晗也感到奇怪，爸爸对留长发的事情居然同意了。难道爸爸有什么隐情？爸爸发现跟女儿的沟通根本搭不上调，情急之下，他放弃了绕弯子，鼓起勇气说出了心里话："是这样的，爸爸的同事给爸爸介绍了一个女朋友……"

爸爸的话简直像一枚炸弹，在吴梓晗脑子里炸开了花。

"什么？女朋友？"她惊诧地反问爸爸。

"是的。"爸爸顿了顿，又说，"对不起，爸爸事先没敢跟你说。"

好长一段时间，吴梓晗没有说话。班里有单亲家庭的孩子，同学的爸爸或妈妈在单身一段时间后，又找了另一半，有这种经历的同学几乎无一例外，都与后妈或后爸对不上眼。

爸爸从来没提要找后妈的事，这个家在吴梓晗心中，就是她与爸爸的。

这个晴天霹雳把吴梓晗弄蒙了。她坐在沙发一角，呆呆地望着电视。爸爸有了女朋友，就意味着这个家的宁静将被第三者打破，自己会天天夹在爸爸与后妈中间……她不敢想下去。

吴梓晗将目光移到旁边沙发的空位上，仿佛见一位陌生的女人径直走来，身子一摞，一甩就坐下了，跟在自己家似的。如果她成了自己的后妈，这家就是她的家，又能拿她怎么样？

“晗晗，你不高兴了？”爸爸挨着吴梓晗坐下。女儿对这事的反应早在意料中，所以，他的话听上去有些小心翼翼。

吴梓晗抬眼看看爸爸，真的不知道怎么回答。对家的意识已经很明晰了，爸爸想再组家庭。她可以没有妈妈，但是她不能强迫爸爸一辈子单身，毕竟爸爸才三十六岁，后面的路还很长。

“晗晗，是不是生爸爸的气了？”

“嗯？啊……没，没有。”吴梓晗支支吾吾着。

## （三）

第二天，吴梓晗到了学校。杨旸见她闷闷不乐的样子，问：“怎么了？”吴梓晗把自己的心事告诉杨旸，她说：“今天那个她就要到我家来了。她要干预我的家庭，我真的没办法接受。”

"哪个她?"

"爸爸的女朋友，也就是我未来的后妈。"

杨旸说："你长大了，总不能让你爸爸孤独过一生吧?"

"怎么是孤独呢?"吴梓晗反对道，"我长大了，也会把爸爸接到身边，和我一起生活呀。"

"你能每时每刻陪伴你的爸爸吗? 人老了，就要有个伴。你看电视剧中的白发苍苍的爷爷奶奶，手牵着手，是多么温馨的画面。你要让你爸爸孑然一身吗?"

吴梓晗无语，半晌才说："唉! 这也是我矛盾的地方。"

放学回到家，家里特别整洁。以前，家里总有乱糟糟的感觉，比如，鞋子随便放，有时东一只，西一只。今天鞋子都躲到鞋柜里没出来。土黄色沙发上，什么也没有，非常干净。以前总是有衣服随意地躺在那里。地面干净得能映出人影。茶几上、桌子上、餐桌上一尘不染，就连电视机上都擦得亮晶晶的。吴梓晗知道，这一切肯定都是爸爸辛苦的功劳。爸爸要给女朋友留下好印象。可是，这一想法，很快被一个陌生的身影改变了。只见从阳台走来的那个她，捧着一大堆晾干的衣服，到了客厅的沙发上，一一叠起来。你瞧，她把吴梓晗爸爸的裤子，从中分线对折，再把长度分成三分，再对折，一条长裤子，三下五除二，就变成手掌那么大。她冲着吴梓晗莞尔一笑，又奔向厨房，与爸爸一同做饭。等她炒好菜端上桌时，吴梓晗的头偏偏抬不起来。等她再回厨房时，吴梓晗看到了她的身影。

她有一头及腰的长发，难怪爸爸会喜欢？书桌上的相框里的妈妈，曾经就有一头及腰的长发。她和妈妈有相似的地方。她头发后面用一枚别致的发卡夹住一半，整个后面有层次地铺满长发，顺顺的，好美。这样的长发，除了妈妈，感觉只有洗发水广告里才有。吴梓晗相信，不管是哪个女生，只需要这样的及腰长发走在大街上，就够赚足青睐的眼球了。

不知怎的，吴梓晗心头发酸，想到妈妈曾经的秀发被药物吞噬。妈妈头上只有几小块头皮上，稀稀拉拉地有一些头发，像深秋的衰草一样。此刻，一种莫名的东西像一群小蚂蚁爬进她的胸口，撕扯着她的心。

“这是阿姨做的酱香鸭，尝尝好不好吃？”饭桌上，爸爸夹了一块酱香鸭放在吴梓晗的碗里。

“晗晗，好吃吗？”那个她不失时机地问。想套近乎吧？吴梓晗在心中冷笑着。

吃了一口，酱香鸭的香味真不错。爸爸是怎么也做不出来的。吴梓晗点点头说：“好吃。”

当吴梓晗去素质教育基地旅游回来时，家里已经悄然发生变化了。那个准后妈摇身一变，以正式的后妈身份入住家中。

吴梓晗不是看不到，这个家被后妈收拾得亮堂宽敞多了，仿佛她会魔法，让每一间屋子的面积都增加了几平方米。但是，吴梓晗就是不想正眼看他，更怕看到她齐腰的长发。因为这会让她想到相框里的妈妈。

## （四）

五月，天气渐渐呈现出初夏的特征。爱美的女同学开始穿起了裙子。跳甩发舞的同学，长裙长发，走到哪里都是一道亮丽的风景。吴梓晗这个文娱委员每天都在为跳舞的同学服务，指导服务，生活服务，她心有不甘，但又无可奈何。但是节目送到学校终审时，负责的领导告诉她们，“蓓蕾初放”的总导演建议把该节目增加到十三人，一个在前面领舞。什么？十二个长发就很难找了，再增加一个怎么可能？

杨旸想出了一个好主意，对吴梓晗说：“再增加一个人是可以的，而且这个人连舞蹈都不用学，就能跟大家一起演出。”

“谁？”马千惠好奇地问。

“这个人远在天边，近在眼前。”杨旸故作神秘。

“怎么可能？吴梓晗没有长辫子。”徐玉瑶快人快语，话像子弹一样射出去，就没法收回。其实，刚一出口，徐玉瑶就后悔了，因为这是吴梓晗的痛啊。

“没有真辫子，可以用假辫子呀？现在的假发足以以假乱真呢！上次，我的叔叔，他是个秃顶，可是来我家做客，我见他一头帅气的头发，甭提多帅了。一点儿都看不出来。”

杨旸的话重燃了吴梓晗心中的欲望，但是她并不表现出来。她是个内敛的女孩，喜怒不形于色。

“对啊。我怎么没想到呢。这下，吴梓晗可以跟我们一起跳舞了。”徐玉瑶兴奋得抓住吴梓晗的手，仿佛这就是自己的喜事儿。

于是，她们四人一同去辫子店看假发。一进店门，哇！各种各样的假发，琳琅满目，瞧，有金色的卷发，有齐耳的短发，有留着刘海的麻花辫子……店主阿姨微笑着问："小朋友，是帮谁选的？看中哪一款？我来帮你看看。"

"阿姨，有没有像我们这种长辫子？"杨旸指着自己的长发说。

阿姨摇摇头。

她们遗憾地走出小店。吴梓晗觉得最后一丝希望也破灭了。她平静地走着，似乎发生的事情都在她的预料之中。

回到家，吴梓晗情感的闸门瞬间打开了，她趴在床上，哇哇大哭，似乎那哭泣的声音才能释放积压在内心深处的委屈。她的舞蹈是最棒的，所有同学的舞蹈都是她手把手地教会的，然而因为没有长辫子，却只能做绿叶。对于内敛的她来说，在外面表现得很坚强，只有在家里才会像个孩子似的哭泣、撒娇。可是她忘了，家里还有一个人，那就是她的后妈。她听到脚步声向这边传来，越来越清晰，立刻警觉起来，用面纸擦干眼泪，装出若无其事的样子。

"怎么了？晗晗。"后妈抚摸着她的头问。

"没什么？"说着，站起身，走出门，到卫生间去了，关上门。对着镜子一看，啊呀，眼睛都哭肿了。

后妈一直在尝试与吴梓晗沟通，但是每次吴梓晗都是见而远之。这孩子是心里面不接纳她。爸爸对后妈说：“吴梓晗的心像冰块一样，你要去融化她。给她时间吧，委屈你了。”后妈含泪点点头。

晚上，爸爸来到吴梓晗的房间，端来后妈做的一钵汤，问：“丫头，到底怎么啦？没有外人，你告诉爸爸。”

“没什么。”吴梓晗摇摇头。

“你瞒得了别人，瞒不了你老爸。说吧，看我能不能帮到你？”

吴梓晗一五一十地告诉爸爸。爸爸听后，说：“这太简单了，我可以托朋友在外地买，还可以上淘宝、京东买。这是小事儿！包在老爸身上。”

“太好了！谢谢老爸！”吴梓晗搂着爸爸，亲了爸爸一口。

第二天，爸爸拆开一个盒子，里面有吴梓晗朝思暮想的长发。用夹子接上，从后面看，根本看不出来。这长发就像宝贝似的，让吴梓晗快乐的宝贝。吴梓晗带着它，在前面领舞，特别精神，特别美丽。

演出那天，学校邀请了家长参加。吴梓晗当然希望爸爸去看她的节目，爸爸说，还要带后妈去。吴梓晗说，好的，一起来看吧。

演出很成功，收获了雷鸣般的掌声。结束后，吴梓晗兴奋地跑到爸爸和后妈的身边。“晗晗，你跳得真好！”戴着帽子的后妈向她竖起大拇指。

“谢谢阿姨!”吴梓晗客气地说。其实，越是表面客气，内容越是简单。后妈不知什么时候戴起帽子，不过，吴梓晗还是认为不戴帽子的后妈更好看。

于是吴梓晗破天荒地主动问：“阿姨，你的长发是不是盘在帽子里？我觉得您还是不戴帽子好看。”

爸爸摘掉后妈的帽子，什么？天啦！什么时候剪去长发了？爸爸说：“晗晗，阿姨的长发借给你了。你的长发不是买的，为了你能开心地跳上甩辫舞，阿姨剪去了长发……”

“别说了。”后妈打断了爸爸的话。

泪水夺眶而出，模糊了吴梓晗的眼睛，她抿抿嘴唇，颤抖地喊了声：“妈。”尽管声音很轻，却像重锤一样敲打在后妈的心上。“哎，好孩子!”后妈张开双臂，吴梓晗扑了过去，在后妈的怀抱里闭上眼睛，任泪水簌簌滴落。

# 4. 文章本天成

## （一）

周二下午是作文课。吴老师的作文课特别有意思，总喜欢点评同学们的习作。当然，被点评到的同学十分得意，因为电视屏幕上会出现他的名字。这些习作，或题目新颖，或片段精彩，或语句生动，或结构整饬而榜上有名。当然，吴老师也会指出一些有毛病的习作，不过，虽然指出毛病，或者让同学们发现毛病，但是吴老师隐去作者的名字。而往往大家不知道是谁时，越能激发起同学们的好奇心。

吴老师今天讲评学生作文与以往不同，今天就点评了几篇佳作。最后对同学们说："市里要举办'西溪'杯现场作文比赛，这是由团市委、市教育局、西溪景区联合组织的作文大赛，我们玉带桥小学把竞赛的机会留给六年级学生，每班可以有三到四人参加。这是非常好的学习交流的机会，希望同学们自告奋勇地参加。"

吴老师话音刚落，教室里静悄悄的。同学们心里嘀咕：作文大赛，还现场作文，谁愿意参加呀？要是绘画音乐等艺术类的才艺比赛，那班上想参加的同学太多了！

见同学们一言不发，最后吴老师只好点名，把任务交给杨旸、徐玉瑶、陆瑞。

杨旸最近一直处于兴奋的状态，一到教室就拉着徐玉瑶的手聊个不停。徐玉瑶最近可能是看书看得太晚，到现在还半睁着眼睛，活像一只慵懒的咖啡猫。

徐玉瑶说："我最近在看《获奖作文选》，可是我妈妈对我说，要看作家写的书。马上就要竞赛了，我都不知道看什么书好。我现在都犯困了。"

杨旸托着脑袋对徐玉瑶说："你就别装了吧，快点把你的写作秘籍告诉我，对我你还保密啊!"

徐玉瑶艰难地睁开双眼，正巧这时吴老师进了教室，捧着一堆本子对同学们说："这次写事的作文，有很多同学写得很棒，他们是杨旸、徐玉瑶、陆瑞等同学。但是……"吴老师将本子重重地一甩，同学们被吓得腰板都直起来了。吴老师阴着脸说："这次的作文有一些同学为班级拖了后腿，在这里我就不提他们的名字，给他们留一点面子。"同学们从来都没见过吴老师生这么大的气，到现在还惊魂未定。

下课后，老师把杨旸、徐玉瑶和陆瑞叫到办公室，与他们商讨作文竞赛的事情。吴老师语重心长地说："在作文竞赛前，你们不仅要多看书，还要多观察身边的事物，写一写随笔作文。都说文章本天成，妙手偶得之。文章，能写成还需要灵感。我相信你们一定能为班级、为校争光。"杨旸若有所悟地点了点头。

## （二）

竞赛的日子到了，考场里黑压压地坐满了一群参赛的同学。参赛的同学都集中到玉桥小学的阶梯教室里。有本校的，也有外校的。同学们都面部紧张，不得从容，主要是心里没底儿，不知道会出什么题。

不一会儿，广播里响起了："2019 年即兴作文竞赛开始。"

监考老师把竞赛的卷子发下来了。作文的命题如下：在你的生活中一定有一些事情让你感到开心、愤怒或者后悔，请你用“对不起”这个词作为主题，把你的真情实感写出来。

看到这个问题，有的同学抓耳挠腮，好像没有任何灵感；有的则在草稿纸上写写又画画，好像有了思路但又忽然飞走了；有的奋笔疾书好像思维清晰，打算一气呵成。

看到这个题目，杨旸倒是心有灵感，那是生活赐予她的写作素材。她觉得上次选举班长，自己没有投徐玉瑶一票，心里一直内疚，自己应该对徐玉瑶说声“对不起”。

杨旸写道：“徐玉瑶，这句话我已经埋在心里很久了，我想对你说声对不起。上次班长竞选时我没有投你一票，我很难过，但是我已经答应马千惠了，我真想真诚地对你说声对不起……”

竞赛结束之后，徐玉瑶从人群中挤到杨旸身边问：“杨旸，这次你写的是什么呀？”

“你先说。”

“因为前几天看的作文书上的东西都没有用到，所以我就编了一个事情，你呢？”

“我写的这个跟你也有点关系。上次的投票选班长的时候因为我答应了马千惠，所以……”

“这件事你还记得呀？我早就忘了。大家都是朋友，何必如此呢？况且班长也就只能在上课前喊一声‘起立’，其他什么事情都做不了。”

说着，两人肩靠着肩一起下楼去了。

（二）

课间，教室里炸开了锅。

陆瑞把书卷成话筒状大声嚷嚷：“徐玉瑶，你的脸色不好看，建议你用青春宝美容胶囊。”所有人把目光集中到徐玉瑶身上。你别说，还真的耶，她脸色苍白、毫无血色，身子虚弱，似乎风一刮就会被吹走。

“你还好吗？”杨旸关心地问。

“没事，昨夜发烧打了一针。”徐玉瑶虚弱地笑了笑。这是个很勉强的回应，大家分明看到了她眼中的虚弱。

陆瑞怎么会发现呢？也许觉得向来活泼的徐玉瑶有些反常吧。大家不由得把目光投向了陆瑞。

陆瑞看到自己这么受关注，立刻“人来疯”，得意扬扬地说：“我对广告词可是非常熟悉呢，她不对劲，我一看就知道。有没有人跟我竞赛？”

旁边同学起哄，大声说：“还是用知美人胶囊吧，岁月无痕——知美人。”

“No！No！No！还是我来推荐吧。徐玉瑶，我推荐你使用圈圈美容霜，让你的皮肤更有活力。”吴梓晗的同桌张梓睿刚说完就又唱了起来，“爱的魔力转圈……”

正当大家热火朝天地说着广告词时，马千惠向杨旸走来。

她跟杨旸说了几句话，虽然声音很小，却掷地有声："杨旸，恭喜你作文竞赛获得了一等奖。"顷刻间，教室里突然安静下来，所有的目光都投向了杨旸。

"那你是怎么知道的？"杨旸疑惑地问。

"我妈妈告诉我的。"马千惠故作神秘地说，"我妈妈可是这次评委之一。"

顿时杨旸身边挤满了人，问着各种问题："杨旸，这次你写的是什么题目呀？"

"杨旸，有没有什么写作技巧可以分享呀？"

"杨旸，你可真棒啊！"

……

上课铃响了，同学们赶快回到了座位上。吴老师捧着一堆杂志走进教室，郑重地对同学们说："首先让我们用热烈的掌声庆祝我们班三个去竞赛的同学获得了优异的成绩——杨旸获得了一等奖，徐玉瑶和陆睿获得二等奖。"瞬间，教室里响起了经久不息的掌声。

吴老师把杂志发了下来，杨旸翻开这本杂志的首页，在第一名的人中寻找自己，真是出乎意料，她竟然在一等奖中的第五，第二名和第一名是谁呢？杨旸往上一看，那上面写着东淘小学方晨同学。

东淘是我市的一个乡镇，历史悠久，那里的东台陶古街已经成为旅游胜地。据传在盐民哲学家王艮、盐民诗圣吴嘉纪的精神激励下，东淘精英辈出，既有影响巨大的王艮的五传弟子、吴野人的“东淘诗社”，同期还产生享誉大江南北画坛四大丹青高手“袁氏四竹”。据《扬州府志》统计，明清时期安丰留下著述者就有 22 人，成书 30 多部，有翰林、榜眼、进士 50 多人。近百年来，又涌现出清末大数学家杨冰、著名民间出版家袁承业、享有“北徐南戈”美誉的著名画家戈湘岚、世界三大汉语言学家之一的周法高。

记忆中，一般获大奖的都是名校的学生，这篇来自乡村学校的作文一定有过人之处，还是课后好好品读吧。

## (四)

自从吴老师发了那本杂志之后，由于那本杂志上的文章写得实在是好，有的同学在上课时还偷偷地看。杨旸也被方晨同学的作文吸引住了。

方晨同学在文中写道：“吴老师，有句话压在心底，一直想对您说的那三个字似有千斤重，今天借着作文来表达。”

“吴老师您还记得那辆漂亮的凤凰自行车吗？它丢失了，您很伤心，就让我们帮您一起寻找……”

杨旸循着方晨的文字，不知不觉走进故事中，连马千惠喊“起立”都没有听见。大家都齐刷刷地站立，她才如梦初醒，赶忙站起来。

当然偷偷在课堂上看作文书的也不止杨旸一个。这节课是作文课，吴老师没有让大家写单元作文，而是让大家交流自己喜欢的文章。大家各抒己见，最后一个交流的是杨旸。她说：“我喜欢方晨同学写的文章，他的文章有真情实感。所写的事情感觉不是真的，我猜测是编造的。假如是真的，我想老师您也姓吴，会不会就是……”杨旸欲言又止。

吴老师示意杨旸坐下，然后说说：“我跟大家分享一个真实的故事吧。”听说讲故事，大家立刻坐姿端正，精神抖擞。

“话说那一年，东淘小学缺英语老师，我就去帮忙代课。我原本在高中上班，从高中到小学距离也很远。为了方便出行，我就买了一辆自行车。可是，我发现自行车经常漏气。有时气门芯都被拔了，不用说肯定是那帮淘气的学生，更令我想不到的是，有一天我的那辆新自行车竟然人间蒸发了。”吴老师讲到这里眼圈红了，这是杨旸第一次见吴老师还有柔情的一面，平常吴老师以严厉著称，班里的同学们没有一个不怕她。

教室里异常安静，连根针掉在地上都能听得清楚，吴老师接着讲：“那天我生气了，但我还是忍住怒火把课上完，说完也奇怪，那天纪律特别好，孩子们好像知道发生了什么事，离下课还有几分钟时，我对孩子们说，以后你们用不着和我的自行车作对了，因为它已经消失了。今天我步行回家，今天上的这堂课也是最后一堂课。说完我头也不回地走出教室。

后来我才知道，我走后班里的孩子们哭了。他们一定要帮老师找到车子，找不到也要众筹集资帮老师买一辆。再后来我的那辆车又失而复得。

车子在哪里找到的？后来，有几个家长到校园旁的小河里找到了。那是谁把车子推到河里的？为什么要把我的车子推到河里呢？这是个谜！看了方晨的作文，一切真相大白。大家猜到了，方晨故事里的吴老师就是我，他通过文章向我道歉，因为有此经历，所以表达就真实自然。这篇文章获奖就是生活赐予他的灵感，正是文章本天成，妙手偶得之。

有的同学说我成绩不好，写不出来了。有的同学也很淘气，也有属于你自己的故事，但是为什么就写不出来呢？其实，坏孩子的故事多。你看作家杨红樱的作品《漂亮老师和坏小子》《淘气包马小跳》，都是写的坏孩子的故事。你们留心观察生活，心灵敏感，不要让素材从眼前溜走，就一定能妙笔生花。”

这堂课同学们听得非常认真。从吴老师的故事中，杨旸明白了，生活中的点点滴滴都可以写成作文。正如罗丹所说：生活中不是缺少美，而是缺少发现美的眼睛。所以杨旸决定，在以后的生活中一定要多写一些随笔作文。

# 5. 想做坏孩子

## （一）

自从那次吴老师讲评获奖习作时说，坏孩子故事多。杨旸的内心里有一个念头在偷偷地“生根发芽”：做一次坏孩子。看看坏孩子都有什么样的经历，好孩子整体就是三点一线，家里——学校——路上，天地狭窄，当然故事也少。

怎么做坏孩子呢？这让杨旸一筹莫展。从小到大，一直就是乖乖女的人设（就是形象的意思）。这次我要颠覆一下自己的人设。可是怎么才能做个坏孩子呢？对了，看看班上的坏孩子都干了啥？仔细想想，班上的坏孩子还真的很少。哪有那么多故事？最多就是作业不做，或者偶尔打架。哪有获奖的学生写的把老师的自行车推到河里这种事情？

杨旸沉思过后，在本子上写下几件：1. 不做作业；2. 不经过人家同意拿东西；3. 撒谎；4. 说脏话；5. 乘公交车逃票。嗯，大错误不敢犯，犯点小错，只要做成一件就行。杨旸得意地想着。

在这几件事中，最好做的就是顺手牵羊，拿别人东西。这不，上课做练习时，杨旸有个字写错了，她本能地拿出修正带去用。她想：我应该拿同桌的修正带啊。于是，再写错时，她对同桌说："能借我修正带吗?""客气什么，拿去吧。"杨旸拿着修正带，心想：这是借，不是偷偷地拿，是好孩子做的事情。

第三次，杨旸又要用修正带时，她决定学学坏孩子。她想把手伸过去，又赶忙缩回了。这一幕被同桌看到了，她笑着说："拿吧，别不好意思。"说着，主动递给杨旸。唉，想做坏孩子的想法又泡汤了！

不做作业，应该比较容易。晚上，回到家的杨旸准备早早睡觉，不写作业。晚饭后，爷爷奶奶在客厅里谈话，大概发现了什么不对劲的地方。爷爷说："杨旸太累了，让她早点儿睡吧。"奶奶说："今天怎么没见杨旸写作业?难道在学校里写完了?"这时，电话铃响了，马千惠打来的。杨旸接电话问："小马，什么事儿?"

"有道题目问你，就是数学的最后一题，要求有多种解法，你是怎么做的?"

"等等，我把《补充习题》拿一下。"杨旸边翻书，边打开今天的作业，说，"你说吧。"

杨旸边听边钻研，在电话里，她俩把这道题KO了。杨旸又把前面几道题也写了。写完后，杨旸猛然意识到，啊，怎么又完成作业了？看来做个坏孩子真难！

## （二）

今天的早读课是杨旸领读，领读的班干部还要负责点名和纪律维持，所以她早早吃完饭来到了学校。

同学们还没到，她先把书拿出来小声读了一遍。

不一会儿，同学们陆陆续续到了。杨旸看了看手表，嗯，还有五分钟就早读了，她决定趁着课代表收作业的工夫先点名。

“夏小天。”杨旸连续叫了三遍都没有人应答。她朝夏小天座位瞄了一眼，嗯，位子上空荡荡的。

这家伙，今天又迟到了。杨旸撇了撇嘴，在点名簿上圈了个圈。夏小天是班里的后进生，不是迟到就是作业不按时完成，经常被老师批评。加之他有时会故意和同学打闹，大家都不怎么喜欢他。

咦？夏小天！杨旸突然想起自己那个伟大的计划来。我不是想做个坏小孩吗？夏小天就是现成的榜样啊，哈哈！想到这里，杨旸有了主意。

早读课快要下时，夏小天才满头大汗地到了教室门前。老师照例教育了他几句，然后让他回座位了。这个孩子，一学期难得几回不迟到，老师们已经习以为常，也不再和他讲道理，来了就好。

夏小天坐在第一排最南边，靠着窗户。杨旸正好坐在第二组第三排，夏小天的一举一动都能看得清清楚楚。于是杨旸存了个小心思，课上就偷偷观察夏小天。

她发现夏小天上课时其实一直在认真听讲的，只不过有时听着听着就打起盹来。她还发现，夏小天打盹的时候，左手撑着额头，右手握着笔，看起来就像在思考问题。如果老师不点名让他回答问题，还真不容易发现他在睡觉呢。

嗯，这倒是个好主意！杨旸决定也来尝试一下。

第一节是数学课，正好是学习新的知识点，杨旸不敢放松，偷偷睡觉的计划暂时搁浅。第三节是语文课，杨旸早就把课文背得滚瓜烂熟，她决定实施“课堂打盹”计划。

可让杨旸哭笑不得的是，吴老师今天不知怎么回事，换了各种方式让大家朗读课文。她偷偷看了手表，朗读整整花去了二十分钟时间。好不容易到了思考讨论的环节，杨旸迅速模仿起夏小天，一手撑住头，一手拿着笔装模作样记笔记。

嗯，闭上眼睛听周围同学热烈地讨论，感觉还真不错。杨旸一边闭目养神，一边暗自发笑。

“杨旸，你觉得这句话应该怎么理解？”同桌戳了戳杨旸胳膊。杨旸没有理睬，继续闭着眼撑着头。见她没有回答，同桌转头和后桌讨论起来。

也许心情特别放松，不一会儿杨旸竟然真有了睡意。就在她晕沉沉的时候，一双温暖的手探向了她的额头：“杨旸，怎么啦？”

杨旸一惊，立即清醒了过来。吴老师正弯着腰，关切地看着她。

“身体不舒服吗?”

“老师……我……”杨旸一下子红了脸，低着头嗫嚅着。

“没发热就好。”吴老师摸摸她的头，温和地说，“是不是今天领读，起得太早了？中午回家好好休息一下。”

一下课，同学们都围了过来，七嘴八舌地问：“杨旸，你怎么了？生病了吗?”马千惠紧张地看着杨旸，递给她一杯水：“好点了没有？喝点开水吧。”

“没事没事……谢谢大家……唉!”杨旸郁闷极了，叹了口气一下子趴在桌子上。

做个坏孩子真的这么难吗?

（三）

杨旸最大的优点就是做事专心，有恒心。尽管连续失败了几次，但是做一次坏孩子的想法一直没有放弃。怎样做？看来得好好研究，她决定拜夏小天为师。

不是说“不入虎穴，焉得虎子”吗？第一步，就是和夏小天拉近关系。

说到做到。一下课，杨旸故意拐了个弯，经过夏小天旁边时，装作不小心的样子，撞了一下桌子，夏小天的文具盒“啪”的一下掉在了地上。

“哎呀，对不起!”杨旸立即蹲下去捡。

"没事没事。"夏小天正在忙着补作业，看也没看，随口答道。

"做什么作业，这么认真啊?"杨旸凑过去一看，原来是昨晚的家庭作业。果然是正宗版夏小天！

"哎，夏小天，这个太简单了，我告诉你答案。"杨旸索性趴到夏小天桌旁，拿起笔就把答案写在一旁的草稿本上。

"你——"夏小天一愣，疑惑地朝杨旸看去。

"看啥看啊?"杨旸拍了拍夏小天的肩膀，"赶紧抄完，我问你个事儿。"

"不看。"夏小天将草稿本一推，"我自己做。"哈，怪了！这家伙竟然不抄答案。杨旸没想到，禁不住仔细观察起夏小天来。

夏小天个头不高，加上皮肤有点黑，看起来邋里邋遢。因为他经常迟到，作业总是不能按时完成，老师也不太关注他，同学们平时也就有意无意不太愿意和他亲近。杨旸和他几乎没有什么交流。不过这会儿杨旸看他皱着眉头思考问题时的模样，觉得他挺可爱的。

突然杨旸像发现了新大陆似的，夺过了夏小天的笔，抓住了他的手。

"你的指甲怎么这么黑呀?"杨旸抓着夏小天的手，一脸不可思议，"你怎么这么不讲卫生?"

夏小天的笔猛然被杨旸抽掉，正想发怒，听她这么一嚷，赶紧把手背到身后，脸“刷”地红了。

“怎么回事?”杨旸一把拉过夏小天的手。她发现，这双手不但指甲缝里是黑的，整双手都像没洗干净似的，可瞧着又不是污垢，倒有点像经常下地干活的手了。

“走开，我还要补作业呢!”夏小天朝杨旸瞪了一眼，抽回了手，又坐下去写起来。

杨旸这下没了捉弄夏小天的兴趣，怏怏不乐地回到了座位。夏小天的手怎么会这样?联系到他平时的表现，杨旸觉得夏小天一定是个有故事的人。

想到这里，她的好奇心又占了上风，决定放学后偷偷跟踪夏小天。她一定要搞个明白。

下午放学后，杨旸在人群中找到了妈妈，她没有和杨玉瑶她们一起结伴回家，简单地把自己的想法告诉了妈妈。妈妈也觉得夏小天很特别，于是同意和女儿一道偷偷“尾随”夏小天。

夏小天是自己走回家的。别看他个头不高，身体很单薄，走起路来还是挺快的。杨旸和妈妈开着电瓶车慢慢地跟着他来到了一条狭窄的小巷。

夏小天的家在巷子的最里边，是一个小平房，看起来比较破旧。看着夏小天掏出钥匙打开门进去又关上，杨旸和妈妈对视了一眼，同时点点头。

## （四）

听到敲门声，夏小天来不及丢下东西，急急忙忙打开了门时。看到是杨旸，夏小天愣住了。

“哎，夏小天……”杨旸没撒过谎，结结巴巴道，“我和妈妈正好路过这个巷子，看到你进了门……嗯，就想来看看你……”

夏小天从来没想到竟然有同学来做客，一下子手足无措，一张小黑脸憋得通红：“我……我……”

“天天——咳咳咳——”屋子里突然传来一阵咳嗽声，打破了尴尬。“奶奶，是我同学……”夏小天赶紧跑回了屋子，杨旸和妈妈也跟着走了进去。

一进门杨旸就明白了。这是个两间的小屋，客厅（如果也能称之为客厅的话）里正中央是一个大条柜，靠墙放着一张方桌和几把椅子。墙上贴着一张挂历，好多地方的石灰都剥落了。

杨旸没想到夏小天家里是这个样子。要知道，杨旸爸爸妈妈工作都很好，住着大房子，她自出生起就没见过石灰墙，家里铺着地板，一进门就可以光着脚丫到处跑。

“咳咳……来客人了？”奶奶一边咳嗽着一边对夏小天说，“快请同学坐。”

“谢谢奶奶啦。”妈妈拉着杨旸进了房间。房间里光线很暗，杨旸看到一个头发花白的老人躺在床上，苍老的脸颊瘦骨嶙峋。

“阿姨您请坐，杨旸你也坐。”夏小天不再害羞了，搬来两张椅子，扶着奶奶坐起来。

杨旸见妈妈和奶奶谈话，就对夏小天使了个眼色，一起到了客厅。

“夏小天，你爸爸妈妈都不在家啊?”

夏小天没有回答，刚刚还笑嘻嘻的脸一下子没了光彩，默默地走到后面的厨房。

“天天的爸爸妈妈离婚了，他爸爸在广东打工，已经四年没回来了，他妈妈改嫁了，也没来看望过天天。”奶奶长长地叹了一口气，“天天是懂事的孩子，不像他爸爸。”

地上散乱着几颗青菜，夏小天蹲下去埋着头择起菜来。他娴熟地除去黄叶，一瓣一瓣撕下放到盆子里，又拿簸箕把垃圾扫进去。

看着夏小天忙碌着，杨旸没有再问。杨旸明白了，原来夏小天每天都要辛苦地走到学校，回来不但要做作业，还要照顾生病的奶奶，做家务，杨旸有点想哭。

“没什么。”夏小天也明白杨旸不是在嘲笑他，脸色缓和了许多，“奶奶一直照顾我，这些日子她又犯了老毛病。”

“夏小天，你真了不起!”杨旸突然下了决心似的，一把拉住夏小天，“以后有困难找我，我会帮你的。”

夏小天一愣，抬头朝杨旸看。杨旸没说话，只是忍着泪，使劲地点头。夏小天看着她，心底涌动着一股暖流，也使劲点了点头。

后来杨旸把这事儿告诉她的好闺蜜。大家决定要帮助夏小天，课间，与夏小天说话的人越来越多，主动帮夏小天解题的人也接踵而至，打篮球做游戏，总会看到夏小天的身影。渐渐地，夏小天也不再迟到，作业也不拖拉，成绩也上去了，他很开心，大家也很开心。

杨旸有时和夏小天开玩笑："本想跟着你学做一个坏学生，没想到成了这样！唉，做回坏小孩还真难！"

## （五）

想做个坏孩子，又做不了，那就做回自己。其实，每个人心里都有明辨是非的标准，知道哪些行为是对的，哪些行为是错的。我自然知道，心里像明镜似的，为什么偏要为之。杨旸想想，自己都觉得可笑。

这一天，是星期天。做完作业，下午四个闺蜜约好去放风筝。她们来到郊外，天那么高，那么蓝。高高的蓝天上飘着几朵白云。阳光和煦，暖风拂面，犹如母亲温柔的手在抚摸肌肤。那金灿灿的油菜花，正绚烂，吐露芬芳，招蜂引蝶前来采蜜传粉。绿油油的麦田偶有黄澄澄的花儿摇曳生姿，仿佛对麦苗说："瞧我多美！"

她们找到一块草坪。那里正是放风筝的好地方。风儿轻轻的，草儿软绵绵的，真是一幅美景。杨旸、马千惠、徐玉瑶和吴梓晗商量：看谁的风筝飞得最高？杨旸先把风筝放在地上，看准风向，然后向上一送，风筝慢慢地升上了天。可是，风好像有意在和她作对，风向突然转了，风筝马上开始往下降了。这时她有些慌乱，怎么办？再看看其他人的，吴梓晗已经让她的“大金鱼”游到天上了，马千惠也让她的可爱的“小白鸽”飞到蓝天，只有徐玉瑶和自己一样，放了两次都没飞起来，更不用说飞得最高了。

马千惠说：“杨旸，这样不行！要根据风向，不断地调整，放线！”杨旸似有所悟，再放风筝时，她时而轻松自如地放线，时而心急如焚地收线，终于她的“凤凰”风筝又慢慢升高了，自由自在地在空中飞翔。不一会，徐玉瑶的“大鲨鱼”也慢慢飞上了天。她们在草坪上欢呼雀跃，“大金鱼”“小白鸽”“凤凰”“大鲨鱼”也在天空里交谈。只有在这样晴朗的日子，在风景如画的环境里，才会放松心情，与大自然亲密接触，让人心旷神怡。

突然，风向变了，只见她们的风筝急转而下。尽管杨旸努力转动线轴，但也无力回天。她的风筝直勾勾地坠落到旁边的田野里。其他人的风筝虽然也掉下来，但是都在草坪上，就像飞机一样，在机场上降落。可是杨旸的“凤凰”就不一样了，掉到旁边的菜地里。草坪与菜地之间还有一条小沟。杨旸来到草坪边上，纵身一跃，越过沟渠，打了个趔趄，向前冲了几步，那几棵青菜也就跟着遭殃了，被踩得伤痕累累。杨旸的鞋子上也沾了泥土。当杨旸拿到风筝想跳回草坪时，听到不远处传来“喵喵”的声音。杨旸一看，原来是一只黑白相间的猫掉到沟渠里，沟渠里虽然积水不多，但有淤泥，猫的四肢陷在里面，不能动弹，再加上水淋湿了猫的绒毛，它在大声地求救，好像在说：“救救我！救救我！”

“哪里的破小孩？跑到我的菜园里捣乱了！”远处，一位提着篮子向这边走来的农妇边走边吼。

“杨旸，快跳过来！”徐玉瑶看着那位农妇凶巴巴的样子，着急地催促杨旸。

可是，杨旸看到小猫那可怜的眼神，她心软了，哪里顾得上逃走？脚似乎被磁铁吸住一样，她走过去，趴在田边，伸出手，抓住小猫，用力一拔。“喵——”小猫离开泥潭，舞动爪子，溅了杨旸一脸泥。“喵喵”，小猫似乎在说：“谢谢你！”正在这时，那位农妇也到了，她五十多岁，皮肤黝黑，眼角有一些鱼尾纹。只见小猫直接向她跑去，农妇对杨旸说：“谢谢你救了我家的猫！孩子，奶奶错怪你了！”

“不，奶奶，我确实踩坏你家的菜。对不起，我来赔偿。”花脸的杨旸说。

“不用赔。踩坏的菜，我正好带回去吃。”农妇笑了，说着弯下腰去挑菜了。

告别农妇，她们四人披着落日的余晖回家了。杨旸想：其实，犯错有时也是无意中形成的。我想做个好孩子，却无意中踩坏别人的菜。做好事，行善事，确实出自自己的良心。不管是谁家的小猫，我能施援手，肯定会帮忙。只要心存善念，就是一个好孩子。无意犯错，勇于承认，也是一个好孩子。谁说坏孩子故事多，好孩子故事也无穷。

# 6 惊奇的课堂

## （一）

平常上课的日子，就像白开水一样，平淡无味，但是在课堂的长河里偶尔也能泛起涟漪。

星期三的上午第二节课是品德与社会课，教我们这节课的是张老师。他是一个五十多岁的老教师，头发已经掉得差不多了。同学们私下里都叫他“地中海”。

这天，“地中海”带来了一个纸盒子。徐玉瑶疑惑地问：“张老师，盒子里是什么呀？干什么用的？”

“这个盒子里有一样东西，谁敢把手伸下去，并且猜出它是什么东西，我就把这个物品送给他了。”“地中海”神秘地说。

“谁有这个胆量啊？”

“是不是活物？”陆瑞好奇地问。

“不能说。”“地中海”神秘地说。

“如果是个活物可怎么办呀？人们都说女士优先，班长大人，您先来吧。”陆瑞狡猾地说。

“不了，不了。”马千惠连连推辞。

“那徐玉瑶呢?”陆瑞不甘心地说。

“陆瑞同学，既然你想游戏这么快就开始，为何不自己挑战呢?”杨旸突然说道。

“是啊，是啊!”其他同学纷纷赞同。

“好，那陆瑞同学，你来吧。”“地中海”也笑眯眯地开了口。这下陆瑞躲不过去了。他刚把手伸进去就大叫起来：“啊!”那声音响彻教室，几乎震动了整座教学楼。

“毛……毛茸茸的，好……好像是活的!”他惊慌失措地说。

等他稍微平息了一会儿才想起来，是杨旸推他下水的。于是他指着杨旸说：“杨同学，我已经作为男生代表尝试了，作为大队长，你也应当为女生带个头吧。”

“好！杨旸，来!”男生们只嫌不够热闹，都跟着起哄。

女生们担心地看着杨旸，默默不语。

“来就来!”杨旸一跺脚，走上前来。其实，她心里也是七上八下的，但她还是壮着胆子把手伸了进去。

“咦?”她本想把手一伸进去就立即抽出来，可她发现，摸到的这个东西虽然毛茸茸的，但身体好像硬邦邦的，而且一动不动。

“嗯，应该不会是活物，否则一碰到它，应该立即叫起来或者动一下的。”杨旸满腹狐疑，又大着胆子往前走了一步，细细摸起来。

“张老师，这是一条玩具狗吗？“地中海”盯着杨旸看了几眼，竖起了大拇指：“姑娘有心了，谢谢!”说着取出长毛玩具狗递给了杨旸。他语重心长地对孩子们说：“这次游戏考验的是我们的勇气和决心。恭喜杨旸同学。希望所有同学都有向困难挑战的勇气和决心，不能被想象中的困难吓倒，更不能半途而废!”

说着，他有意无意地瞟了陆瑞一眼，又默默地看了看女同学。

陆瑞的脸一下子就红了。幸好这个时候下课铃响了，为他解了围。

## （二）

上午的品德与社会课十分有趣，同学们还在津津有味地谈论着，似乎忘记了下午的作文课。同学们最害怕作文课了，大家能拖则拖，谁也不愿意看到老师捧作文本过来。可是，大家都不知道，其实今天这节作文课与众不同。

“丁零零。”上课铃响了，吴老师迈着轻盈的步伐走进教室。奇怪，今天她竟然没有带作文本，而是分别拿着一张白纸和半瓶农夫山泉。

同学们都很疑惑，不知道老师葫芦里卖的什么药，还以为这半瓶水是她带来解渴的呢。

“同学们，今天这次作文课我想带大家玩一个游戏。”她清了清嗓子，扫视了一下教室，又慢吞吞地说，“我把瓶子倒立在这张白纸上，谁能把纸抽出来，并且保证瓶子不倒就会有奖励。好，按学号依次到前面来。”

教室里一下子鸦雀无声，因为大家认为这绝对不可能完成。1 号同学慢吞吞地走上了讲台，伸出手小心地一点一点抽纸。可是白纸刚刚移动了一点点，瓶子就倒了。

接下来的是马千惠。她先是慢慢把纸抽到了边缘，然后就猛地一抽。瓶子先是摇摇晃晃了几下，在同学们都以为瓶子不会倒时，马千惠也认为自己一定能成功时，瓶子却像在跟她作对。到了最后一刻，还是倒了下来。“哎呀，真是可惜!”同学们发出一阵阵叹息声。

吴梓晗、杨旸和徐玉瑶也先后尝试了，但都没有成功，其他同学也纷纷垂头丧气地回了座位。

吴老师笑了说：“同学们的勇于尝试令我刮目相看，但是你们的方法五花八门，可是想尽了办法也没成功。大家有没有想过另一种最直接的办法呢?”说着她猛地一抽，只听“啪”的一声，迅雷不及掩耳之势，白纸抽了出来，而瓶子竟然纹丝不动。

同学们还不知道怎么回事，吴老师就成功了。大家的嘴都张成了大大的“O”型。吴老师顿了顿又说：“大家看到了，把这张纸抽出来其实很简单，不要管瓶子如何，只要你快速抽纸就可以了。谁再上来试一试？一定能成功的。”

果然如吴老师所言，同学们都成功了。接着，老师让大家写作文时，同学们会心地笑了，刚才的场景，现场的感受，都化作文字符号流于笔端。课后，大家都感慨道："这是我上过的最有意思的作文课！没想到作文课竟然这么有趣！"

（三）

"小蕾，今天是星期三吗？"杨旸在下午突然问同桌张蕾。张蕾，同学经常称她小蕾。

小蕾点点头："对啊，怎么了？"

杨旸又有些神经质地问："小蕾，今天有音乐课，对吗？"

小蕾说："嗯，第二节课是音乐课啊。"

杨旸歪着脑袋，竖起右手食指，顶到嘴唇下，说："嘘！你将听到一个爆炸新闻，这个新闻可以让你的心跳停止一秒，也可以让你迅速翻一本书，安静做一件事……"

听着杨旸滔滔不绝，张蕾的头都大了，"嗡嗡"直叫，大喊一声："停！打住！杨旸，你怎么像老太婆一样啰啰唆唆的？要说什么？长话短说。"张蕾的一声呐喊，吸引了全班的目光，大家等着接下来的好戏。

"告诉你们吧，今天的音乐课是音乐考试。"杨旸轻松地说，事不关己的模样，她靠着墙看着所有人得到这个消息的表情。

"杨旸，今天是愚人节，你想愚弄我们，我才不会上当呢！"徐玉瑶边说边摇头。

不过，人群中似乎有人顿悟，说："想起来了，不是因为今天愚人节，杨旸跟我们开玩笑，音乐老师确实说过。”

大家开始忙碌起来。瞧，翘着二郎腿的费翔，赶忙放下腿坐端正，拿起音乐书苦读，沈冰拿出音乐书从头到尾细看。对嘛，这才是正常人的表现，杨旸想，还有几个不正常的。代理班主任陆瑞把音乐书盖在头上，大声喊道：“苍天啊，大地啊，为什么暴风雨来得这么突然?”小蕾叹了口气，哀叹道：“我晕!这个老师真有点 BT（变态），干吗这个时候突然考试? 烦死了!让我合唱还行，让我独唱，我肯定不行。”

其实，杨旸公布的这则消息，是上周音乐老师上课的时候说的。音乐老师是一个姓柏的老师，四十多岁，有一头像浪花一样的黑色卷发。她弹得一手好琴，也拥有一副好嗓子。别的老师的音乐课总是很轻松，可是上她的音乐课，同学们有点害怕，她是学校里最威严的老师。有一次，有个同学唱歌故意捣乱，她让那位同学罚写歌词十遍。从此，再也没有人敢捣乱。不过，上次她说“下次音乐课，来一次测试”时，只是轻描淡写地说的，谁知道她还能否记得? 不过，杨旸倒是记住了。

全班同学都捧着音乐书，煞有介事地唱歌谱或歌词。

踏着上课的铃声，柏老师如约而至。大家希望她忘了，可是考试还是来临。

“今天音乐考试，上周我就预约了。我说几点，你们一定要好好听。一、双数学号的同学唱歌词，单数学号的唱歌谱。”

耶，听到这个要求，杨旸、马千惠就开心了，她们是双数，当然双数学号的远远不止她们俩，其他人一定也在偷着乐。双数只有唱歌词就行了！这歌谱多难唱啊，节奏搞不准就唱走调了。可是，这种高兴就像美丽的肥皂泡一样，突然又破灭了。她们又听到柏老师说：“不过，中途我会调过来的。”什么？中途还要调过来？刚才偷着乐的同学，一下子像气球一样泄气了。

“第二，一个同学唱好了，比如第一首的歌谱，下一个同学要唱第二首的歌词，一轮一轮下去，如果出错了，就是0分。”

1号丁超慢吞吞地站起来，目不转睛地看着老师。柏老师有些不耐烦了，说：“唱啊，看我干吗？我脸上又没有歌谱。”等了几秒钟，见他还是这副呆相，柏老师干脆地说：“坐下，0分。”

轮到2号了。只见王刚精神百倍，自信满满地唱完歌词。

“马马虎虎。”柏老师皱着眉头评价。

3号、4号、5号……很快到了16号杨旸。杨旸站起来唱道：“银杯杯里斟满醇香的奶酒……”杨旸简直不敢相信这是自己的声音，觉得跟以前唱的有天壤之别。唱完坐下去，杨旸还是忐忑不安，不知老师如何评价。

接下来，王诗琦念经似的哼唱引起了全班的爆笑；顾雅雯细小的女低音让全班同学竖起耳朵都难以听清楚她在唱什么；杜文静的歌声听起来嘹亮动听；许舒雅永远是可爱型的，声音都是甜甜的，好像一个二年级的小朋友在哼唱。终于到了班上的歌坛王子沈寒了，他多次参加过省里的歌唱比赛，还拿过大奖。

“鲜花曾告诉我，你怎样走过，大地知道你心中的每一个角落，甜蜜的梦啊，谁都不会错过。”沈寒轻轻地清唱起来。

“她完全具有当童星的潜质。”杨旸在底下小声地说。虽然声音小，还是被后面的陆瑞听到了，他跟张蕾说：“谁没有当童星的潜质？像我这样可爱的小孩，完全可以被打造成笑星。哎，就是千里马常有，伯乐不常有。”他的话，惹得周围的同学偷偷笑起来，顿时紧张的氛围跑得无影无踪了。

“50号，陆瑞。”柏老师的视线飘向杨旸这一方。50号是最后一个学号。因为陆瑞进班是最后一个，就编排到最后一个学号。

陆瑞一下子站起来，书惊得掉下来，他慌忙去捡，全班哄堂大笑。他焦急地翻着，“哗啦啦”的声音在躁动的空气中格外刺耳。柏老师说：“叫你好好准备，不准备，现在连唱什么都不知道！是《茉莉花》，唱歌词。”

“有什么好笑的？”代理班主任陆瑞明显很不服气。

大家笑声更大了。

最后，大家期待老师的评价，不少同学心里忐忑不安，不知道柏老师如何惩罚我们？没想到柏老师笑着说：“今天是愚人节。成绩不进入最后的考核。不过，再有上课不认真的，态度不端正的，最后一律是0分。”

耶！0分的同学欢呼起来，似乎又过了一关。

下课了，同学们陆续走出教室，刚才那种紧张的心情也烟消云散。杨旸挽起徐玉瑶和吴梓晗的手臂走在操场上，马千惠走在前面，突然杨旸有感而发，对着湛蓝的天空大声说：“音乐能让人兴奋，也能让人陷入忧伤，这些都是思维着的美丽音符。”其他三人对她这种诗情画意的描述已经司空见惯。她们坐在草坪上，风和阳光拂过脸庞，想起刚才跳动的音符，心里不由得一阵欣喜……

（四）

直到铃声响起，杨旸她们才缓缓走进教室。这是上午第三节课，眼保健操过后，还是没见老师的身影。

这是自习课，班主任没有来，代理班主任陆瑞就要管班级纪律。安静了一阵，教室开始骚动。

“杨旸，你到办公室去看看嘛。”陆瑞对杨旸说。

杨旸离座往门口走去。

班主任一向都很准时，今天是不是忘了？还是有什么事情？杨旸站在走廊上，金色的光芒洒在她的脸上，面庞上细细的绒毛也变成了阳光的颜色。

从办公室走来一个人，近视的杨旸没看清楚，眯了眯眼睛。等近了，才知道原来是英语老师 Miss Jin，她黑色的直发在微风中飞扬，轻盈的步伐，高跟鞋撞击地面的声音很好听。她捧着一大堆书。

“Good morning! Miss Jin。”

“哎！杨旸，你去哪里?”Miss Jin 拉着杨旸问。

“我找吴老师，这节课是她的。”杨旸回答。

“别去了，吴老师今天生病请假了，我来代课。”Miss Jin 理了理手中的书。

杨旸带着 Miss Jin 快速来到教室门口。

陆瑞早就等在门口，准备迎接杨旸。只见他低着头站在那儿，看见杨旸进来，欠身，手臂上扬，做出“请”的姿势，高喊：“恭候队长驾到。”而陆瑞一抬头，发现站在面前的不是杨旸，而是英语老师，脸不由得涨得跟番茄一样红。杨旸跟在 Miss Jin 后面进了教室。同学们见到这一幕哄然狂笑。

Miss Jin 温柔地说：“吴老师有事请假了，这节课由我代上。给大家自习吧。”

“Yeah!”一片欢腾。

“‘迷失金’就是好嘛。”陆瑞脱口而出。

“陆瑞，别把英文说成中文。”Miss Jin 皱着眉头。她穿着黑色的卡通娃娃衫，七分牛仔裤，一脸的稚气，在同学们的眼中，分明是一个小孩子，所以大家都特别愿意上“同龄人”Miss Jin 的课。

“不过，要保持安静。我去五年级监考了。”

“放心吧，肯定遵命!”陆瑞一本正经地说。

Miss Jin 走出教室不久，班级里沸腾起来。就连管纪律的代理班主任陆瑞也加入了聊天中。

杨旸听到周围的男生谈论着她最讨厌的周杰伦，不禁说：“周杰伦，讨厌，没意思。”

没料到她的话触碰到同桌张蕾，她可是“周粉”啊。只见她眉头紧紧锁在一起，问：“你说什么？说周董讨厌？自己没品位。”

杨旸也被激怒了，说：“那个歌手，唱歌吐字不清楚，这是公认的事实呀！”

小蕾听到有人对自己的偶像不满，气愤地问：“那你的偶像是谁？”

杨旸得意地挑挑眉，眨眨眼，说：“我喜欢 TFBOYS。”

“什么 Boys？”小蕾一脸茫然。

杨旸解释说：“TFBOYS 是少年偶像组合，由王俊凯、王源和易烊千玺三名成员组成，2013 年 8 月 6 日正式出道，2013 年 10 月 18 日发行出道 EP《Heart 梦·出发》。你连这都不知道，还敢活在地球上？”

张蕾因不知道 TFBOYS 被杨旸嘲弄一番后，不服气，说：“TFBOYS，谁不知道，不就是三个奶油小生吗？有什么好得意的。”

“亏你还有点常识，TFBOYS 很棒吧。”杨旸整理着红领巾说。

“算了吧，有我家周董帅吗？”小蕾固执地说。

"TFBOYS 比周杰伦帅百倍。"杨旸冷酷地说。

"你怎么这么评价周董呢?"代理班主任陆瑞也不甘心来插上一嘴。

"反正，我认为 TFBOYS 比周杰伦好多了。"杨旸嘟着嘴巴说。

"对呀，我认为 TFBOYS 超级帅，周杰伦哪里比得了?"徐玉瑶也不甘寂寞地走过来。

这边是 TFBOYS 和周杰伦的辩论，那边是杨颖和蔡依林对决，角落里还有其他明星之间的斗争。整个教室里都在讨论自己心爱的偶像。

不知何时，Miss Jin 已经站在讲台前了，大家迅速安静下来，Miss Jin 眨眨眼睛，说:"这么吵，我才离开几分钟啊?"

教室里顿时鸦雀无声。

陆瑞以为 Miss Jin 要惩罚他们，紧张兮兮地说:"求求你，不要惩罚我们，体罚儿童是犯法的。"

"我才不罚呢，我认为还是宋慧乔可爱点啦。"

众人晕倒。

"连老师都这么迷偶像，而且还是韩国第一可爱美女，老师真有眼光。"杨旸悄悄地说。

Miss Jin 在讲台上抿嘴微笑，继而说:"我喜欢的明星太多了，周杰伦，我也喜欢，他的《青花瓷》很好听;TFBOYS 我也喜欢，人长得帅，歌声也甜……"老师几乎把刚才大家谈论到的明星挨个儿夸了一遍。

“哇！‘迷失金’，你的八卦消息搜集得比我们还要多。”陆瑞趁机恭维道。

“叫我 Miss Jin，别叫我中文。”

下课铃响了，大家成群结队地走出教室。这节自习课真轻松啊，“呵呵，我为偶像狂！”杨旸、徐玉瑶、马千惠、吴梓晗不约而同地说。

# 7. 代理班主任

## （一）

班级里除了班主任，班长就是头号大人物了。可是在杨旸这个班上，有一个人把班长的威风压了下去。他就是代理班主任陆瑞。

陆瑞是男生团推出来的班长候选人。他没当上班长，却被班主任任命为代理班主任。这是一个什么角色？同学们很奇怪，代理班主任和班长谁大呢？直到班会课时大家才弄明白——原以为班长要比代理班主任大，可是谁也没想到，代理班主任是在班主任不在时掌控着一切大权的。

周末，杨旸她们又来到德润看电影，看完电影又顺便在这里吃了饭。不巧的是，她们竟然碰上了徐玉瑶的死对头姜俊扬。他俩从幼儿园到小学都是同班同学，他们的眼神对视中仿佛都能溅出愤怒的火花。

这不，他们俩又开始杠上了。开始他们在斗嘴，然后各自拿了一瓶水往对方身上喷。姜俊扬被喷得满头满脸都是水。徐玉瑶呢，仅仅湿了一只袖子。别看徐玉瑶平时有点儿公主脾气，这会儿简直就是个女汉子。她追着姜俊扬在大厅里转圈圈，恨不得立即把姜俊扬给打趴下。

眼看徐玉瑶就要追上姜俊扬，杨旸一把扯过姜俊扬就问："兄弟，过来。"

徐玉瑶见状，迅速操起了一把扫帚就要教训他。吴梓晗好不容易才把他们拉开。

正在这时，陆瑞从洗手间里悠闲地走了过来。姜俊扬见状赶忙跑到陆瑞身后让他评理。

陆瑞已清了清嗓子，摆出代理班主任的架势："嗯，徐玉瑶同学，你把人家头发弄湿了，可人家并没有找你麻烦，还帮你把衣服洗了，你有什么可气的呢？"

"徐玉瑶还帮姜俊扬洗头了呢，他也应该感谢徐玉瑶呀！"马千惠不服气地说道。

"这还轮不到你和我说话，还是让大队长发表意见吧。"陆瑞得意地笑着说。

"大家都是同学，为何一定要为这些小事斤斤计较呢？头发和衣服淋湿了反正都会干，天气也不冷，何必搞得像仇人似的呢？"杨旸这个时候出来打圆场。

几个人一下子闭上嘴，互相看看，都不好意思地笑了。是的，同学之间闹点小矛盾很正常，好好沟通就能解决，以后还是好伙伴。

## （二）

代理班主任能代替老师管理班级，同学们都很羡慕这个职位。就说眼保健操吧，一向不喜欢做眼保健操的陆瑞这下终于可以理直气壮地不做了。音乐一响起，他就站到讲台前，环顾四周，管理其他同学做眼保健操。

这天，上课铃一响，陆瑞把手背在身后大摇大摆地走上了讲台，大声宣布："开始做眼保健操！"可是谁也没有搭理他。他急了，拍了一下讲台，又重复了一遍："快做眼保健操，把眼睛闭上！"

还是没人理他，直到广播里响起"轻闭双眼"，同学们这才很听话地将眼睛闭上。

但是还是有不少人在窃窃私语。陆瑞又大声喊道："把你们的嘴——"检查的值日生来了，教室里立刻安静下来，只听到广播的音乐声，所以值日生打了满分。值日生前脚刚刚离开，教室里就炸开了锅，仿佛要把整个楼房给弄倒了。

"啊！"突然有几个同学尖叫起来。

怎么回事？杨旸很奇怪，偷偷睁开眼睛。大家都已经不做眼保健操了，都好奇地看着几个嚷嚷的同学。

原来这几个同学的眉毛之间都出现了一个小白点。陆瑞手中还捏着一粒粉笔头。

"谁叫你不遵守纪律！"陆瑞涨红了脸，恶狠狠地说，"假如还有人说话，这就是后果，哼哼。”

可是这并没有把大家吓着，声音反而更大了，连广播里的音乐声都被遮盖了。

陆瑞这下真的恼怒了，他把粉笔一小截一小截地折断，然后像发射子弹一样一个个扔向说话的同学。

教室里全乱套，被打中了的同学尖叫，旁边的同学乐得哈哈大笑。谁知，张大嘴笑的同学一不留神，嘴里就飞进来一只粉笔头，这让他们痛苦不已。几个女同学也被打中了，疼得眼泪哗哗直流。

教室里乱成了一片，陆瑞开心极了，却浑然不知吴老师正满脸怒气地站在门外。

陆瑞还想扔粉笔头，突然觉得耳朵疼，张嘴就嚷：“是谁吃了熊心豹子胆，敢撕我的耳朵?”但是他猛然发现同学们此刻都端端正正坐着，根本不像刚才东倒西歪的样子，一下子愣住了。

他疼得龇牙咧嘴，赶紧紧闭了嘴，慢慢转过头。果然，是吴老师！他一下子慌了神，嗫嚅着：“老师，我错了，您……您松手好不好?”

“我不要你跟我认错！想想自己错在哪里，该怎么弥补!”吴老师严厉地对他说，“这就是代理班主任吗？管理班级都像你这样，大家还怎么学习？我要考虑是不是换了你?”

陆瑞也认识到了自己的错，乖乖地向同学们认错，保证今后认真履行职责。

从此，班级里就再也没有出过什么事，同学们也没闹过什么大矛盾。陆瑞呢，也乖乖地做起了眼保健操。

## （三）

“杨旸，明天妈妈去北京出差。你中午在学校里吃饭，可以吗?”星期天晚上，妈妈对杨旸说。

“好吧。”杨旸无可奈何地答应了。

玉带桥小学是没有食堂的。近年来，国家的惠民政策，让玉带桥小学想家长所想，急家长所急。中午，学校与餐饮公司对接，让中午没有家长接的孩子在学校吃饭，饭堂就是自己的教室，当然，中午都有值班老师为孩子服务。晚上，家长接得比较晚的孩子，学校安排老师给学生延时服务，辅导孩子功课，监督孩子学习。要知道，老师们的这些服务，都是免费的。这真是实实在在的，能看得见的惠民举措。

星期一，杨旸向班主任汇报，这一周加入午餐的队伍。徐玉瑶感到很好奇，说：“杨旸，你怎么了？盒饭哪有家里的饭菜好吃?”

“就是的。杨旸，你哪根神经搭错了?”马千惠也追着问。

“我也不想啊。”杨旸皱着眉头，嘟着嘴说，“有什么办法呢？妈妈出差了，爷爷奶奶在厂里上班，中午又不回来。”

大家知道杨旸的苦衷，也就不再追问。突然，徐玉瑶提议：“那咱们几个也在学校里吃一周，怎么样?”

吴梓晗说："不行，我不参加，我妈还在家里等着我呢。"

"没义气的家伙。"徐玉瑶指着吴梓晗说，"不就是一个星期吗？你再考虑考虑。"

"从明天开始吧。我向爸爸妈妈先汇报一下，征得他们同意才行。"马千惠说。

中午，杨旸在学校里吃盒饭。她的好姐妹都回去了。班里，在学校吃饭的只有八个人。去领盒饭的是代理班主任陆瑞。值班老师把热气腾腾的汤舀到一个个白色的塑料杯子里，然后盖上盖子，同学们再把杯子端到自己的座位上。

汤有了，可是盒饭怎么迟迟还没到？杨旸决定下楼去看看。在走廊里，杨旸看到陆瑞在和一位伯伯拉拉扯扯的。她来到一楼，站在远处对陆瑞说："陆瑞，盒饭领到了吗？"

陆瑞甩开伯伯的手，转过身，不答话，拎着盒饭，飞一般地上楼，向教室走去。那登楼梯的"噔噔噔"的声音，告诉人们他走得很急，知道同学们肚子饿了。

那位伯伯四十多岁，长头发遮住了耳朵，眼角有了鱼尾纹，皮肤有点黑，有浓密的胡子。他手里托着一个饭盒，看着陆瑞远去。杨旸正准备转身上楼，那位伯伯朝她招招手，示意她过去。杨旸走过去，问："伯伯，您有事吗？"

伯伯把饭盒递给杨旸说："姑娘，你和陆瑞是一个班的吧？"

"嗯。"杨旸点点头。

"你能帮我一个忙吗？"

“什么事?”

“你能帮我把这个菜盒送给陆瑞吗?”

杨旸感到这个伯伯好奇怪啊，他为什么不自己送呢？她说出了自己的想法。

“你也看到了，我刚才硬塞给他，可他就是不肯要。”

“伯伯，那盒子里面是什么?”杨旸问。

伯伯打开饭盒，一股鱼肉的卤香飘进鼻子，啊，是蒸熟的青鱼干，上面还点缀着绿色的葱。杨旸隐秘地咽了一口口水，这要是妈妈送来的，肯定迫不及待地吃了。

“伯伯，那陆瑞问是谁送的，我怎么说呢?”

“你给他，他就知道了。”伯伯笑了，转过身走了。细心的杨旸发现，伯伯走路有点颠簸，是个残疾人。

杨旸拿着饭盒来到教室，只见陆瑞没有了往日的笑容，闷着头在吃饭。杨旸把饭菜盒放在陆瑞桌子上。没想到，一向爱开玩笑的陆瑞立马变了脸，严肃地说：“拿走！我不要!”

大家都看着陆瑞和杨旸，真奇怪，杨旸怎么给陆瑞送菜呢?显然，杨旸也读出大家眼里的误会，解释说：“刚才我下去，一位伯伯让我把这个菜盒子带给陆瑞，我是做了件好事，没想到会这样？真是狗咬吕洞宾。”

陆瑞噙着泪水说：“别放在我桌子上，他跟我没有一点关系，我不认识他。你怎么能让我接受陌生人的东西？快拿走!”

杨旸也很委屈，当初就不应该帮这个忙。她收起菜盒，转过身，眼泪在眼眶里打转，喉咙里像塞了一团棉花，还是没忍住，泪水簌簌落下。

## （四）

“杨旸，我今天正式加入你的队伍。”吴梓晗对杨旸说。

杨旸问：“什么队伍？”

“吃午饭的队伍啊。”吴梓晗说。

“你不是说不参加了吗？是不是看到我和小马加入了，你也忍不住了？放心，没有你，我们照样吃得下。”徐玉瑶立刻怼她。

“你以为我想啊。”吴梓晗摇摇头，说，“没办法，妈妈也要出差两天。”

“耶！我们队伍壮大了！”马千惠得意地说。

到了中午，代理班主任陆瑞向杨旸欠身鞠躬说：“杨旸，对不起，昨天我不该对你发脾气。今天，你帮我去领盒饭吧，我不想再见到那个人。”

杨旸带着菜盒去一楼取餐处，果然又看到昨天熟悉的身影。那位伯伯也看到了杨旸，同时也看到杨旸手里的菜盒，他流露出无奈的表情。杨旸说：“伯伯给您！”

“我就知道他不会接受。”伯伯接过杨旸的菜盒说。

伯伯又拿出一个菜盒，夹了几块香肠和咸肉放进菜盒里，说：“我把菜藏在这个盒饭里。你把这个盒饭给他。拜托你交给他，让他吃了。”

原来，这位伯伯就是给学校送餐的快递员，每天中午开着面包车到学校，然后和其他两个人一起帮着分发盒饭。

“你为什么不自己送给他呢？”杨旸一直好奇。

“我送给他，他肯接受吗？”

“他为什么不肯接受呢？你是他的什么人？”杨旸更好奇了。

“以后我告诉你，现在正忙。拜托了！把这个特制的盒饭给他。”伯伯作揖，抿抿嘴唇，似乎有不能说的秘密。

“杨旸，快走哇！”徐玉瑶下来催杨旸。

“好的。”杨旸既是对徐玉瑶的回答，也是对伯伯的答应。

杨旸和徐玉瑶各拎着一袋子盒饭，走进教室。杨旸谨记伯伯的嘱托，把特制的盒饭送到陆瑞的桌子上。陆瑞打开盒饭，闻了闻，说：“嗯，好香啊！”然后，开始吃起来。

杨旸很开心，伯伯的方法真的巧妙。不过，那位伯伯为什么对陆瑞如此关心呢？陆瑞为什么拒绝他呢？这里面一定有故事。

“杨旸，在想什么呢？”徐玉瑶对杨旸嚷道。

“没，没有。”杨旸嗫嚅道。

她们边吃边聊。突然，陆瑞端着饭盒走到她们这边来，说：“我来看看，你们吃的什么菜？”

“都是一样的菜，没有符合我的胃口的。”徐玉瑶叹了口气，显然对盒饭的菜不满意。

学习园地

今天的盒饭菜肴是青菜炒蘑菇、芹菜炒茶干、牛肉粉条，对于爱吃荤菜的徐玉瑶来说，那可怜巴巴的几块牛肉，哪里够她解馋？突然，她看到陆瑞饭盒里的香肠、咸肉，立刻两眼发光，做出乞讨的样子说：“代理班主任，给我两块，可以吗？”

陆瑞见她们饭盒里都没有香肠和咸肉，立刻明白了，他说：“都给你吧！我不喜欢吃。”

“真的？”徐玉瑶看看面带微笑的陆瑞，笑着说，“那我就帮你分担。”

“徐玉瑶，那是人家的菜！我们不能吃。”杨旸制止她。

“好哇！杨旸，我就知道是你在帮他捣鬼。他的东西，我才不会吃呢！”陆瑞放下饭盒走出教室。

徐玉瑶吓蒙了：“这是怎么回事呀？”

马千惠和吴梓晗也看着杨旸。

杨旸把昨天帮伯伯送菜盒，以及今天送特制的盒饭的事，一五一十地告诉她们。没想到，她们听后，也和杨旸一样，非常好奇。这陆瑞本来就有故事，他是最晚进我们班的。而且他进玉带桥小学是从乡下转过来的，起初在其他班，后来不知怎么，又被调到这个班。总之，他是个充满神秘的人，杨旸她们想揭开这个神秘的面纱。

“你说那伯伯会是他的什么人？”徐玉瑶看来要打破砂锅问到底。

“不知道。”杨旸说。

“那你们发挥合理的想象猜一猜。”徐玉瑶说。

正当大家想各抒己见的时候，陆瑞走进教室，大家立刻默不作声，闷头吃饭。

晚上放学，杨旸她们四人在路上走着。有个人一直跟在她们后面，杨旸回头一看，正是那位送餐的伯伯。伯伯冲她们呵呵一笑，指着杨旸说：“我想找你说点事，好吗？”

“伯伯，会不会又让我给陆瑞送东西？这忙，我可帮不了。”杨旸说。

“不是。”伯伯摇摇头。

“杨旸，我们坐在前面的是凳子上等你。”马千惠对杨旸说。她们三人坐到那里，眼睛还是朝着杨旸看。

杨旸和伯伯在青翠欲滴的竹林旁的长椅上坐下，夕阳把橘红的余辉洒在他们的脸上、身上。背着书包的杨旸看着伯伯，认真倾听。伯伯在讲述，时而脸色严肃，时而一脸无奈，时而满脸沮丧，就是没有笑容。

“你一定有很多疑问，今天我都告诉你。”伯伯说，“我是陆瑞的爸爸。”

“你是他爸爸，他为什么对你不亲，甚至都不认你？”

“唉，我以前在云南边防大队服役，是一名缉毒警察。每年暑假，陆瑞都和他妈妈一起去看望我。我很珍惜天伦之乐，毕竟对我来说，全家团圆的机会不多。每年到了开学的时候，都是我最伤心难过的时候，因为孩子老婆又要离开我了。

“那一年，组织上让我打入毒枭组织内部做卧底。这个毒枭，我们盯了很久了，终于有机会打入内部，有望把他们一网打尽，连根拔起。我已经取得了毒枭组织的信任，组织商量如何在交易的时候，将毒贩抓捕。正在这个时候，陆瑞和他妈妈来云南，在街上他们看到了我，我和几个毒枭在一起，为了伪装，我装作不认识陆瑞，同时向妻子使了使眼色。可是孩子哪里知道啊？还是向我奔来，举起双臂要我抱。我忍着痛，喝道：‘谁家的孩子？滚！’旁边的毒贩有所警觉，想抓住陆瑞来问。还好妻子明白我的意思，忙拉着哭泣的陆瑞快速走开了。此后，我再见到孩子，孩子却不认我了。”

“那陆瑞妈妈可以跟孩子解释啊。”

“是的。后来有一次，那些毒枭可能对我有些怀疑，就找到我家附近。妻子不知道情况，过来跟我说话，毒枭们向妻子走来，我佯装不认识妻子，打了她一个巴掌，说：‘你欠的房租什么时候交？交不起，给我滚！’说着，将妻儿推出门外。妻子含着泪，明白了，赶快离开了。儿子哭着闹着，对我的误会就更深了。

“再后来，妻子出了车祸，成为植物人。我也在执行任务的时候，腿中弹落下了残疾。现在，我已经退役，回到地方上。为了方便照顾妻子，我选择给餐饮公司送餐。因为陆瑞长期住在外公家，不肯见我，每天来送餐，我都能看到他，只要看到他，我就心满意足了。他不肯吃我送的菜，是心里不肯接受我这个不称职的爸爸。”伯伯说完，泪流满面。

“伯伯，别悲观，我来帮助你，世上无难事，只怕有心人。”杨旸胸有成竹地说。

告别伯伯，杨旸来到闺蜜中间，她们急不可待地问：“伯伯告诉你什么？他到底是谁啊？他为什么关心陆瑞？陆瑞为什么不要他关心？”

杨旸给她们一一解释，那久违的疑团慢慢被揭开了。

## （五）

太阳每天照常升起，可是每天的故事却不一样。杨旸、马千惠、徐玉瑶、吴梓晗慢慢走进了陆瑞的世界，知道陆瑞的酸甜苦辣。她们理解那位伯伯，也决定要帮他们冰释前嫌。可是解铃还需系铃人，最好的方法，要让他们能够直接对话。

“他们要是能直接对话，还需要我们干吗？”徐玉瑶说。

“陆瑞的误会总得要消除吧，他又与他爸爸水火不容，肯定不肯直接对话。不过，我们可以来转达。”马千惠说。

“不妥。我们解释，陆瑞会认为我们是充当他爸爸的说客，对我们反而会更加反感。”杨旸分析得头头是道，大家一致赞同。

“那怎么办呢？”吴梓晗问。

“不过，咱们可以创造机会，让他们接触，让他们对话。”杨旸的发言，又得到大家的认可。

时间如流水一般过去，杨旸也着急，但此事不可急。俗话说：欲速则不达。在上体育课时，杨旸找机会问陆瑞："我知道送餐的伯伯是你爸爸。"

杨旸这一招是投石问路，看看陆瑞的反应。陆瑞半晌才说："他不是，我爸已经死了，在我心里，早就死了。"

杨旸拿出一张报纸，对陆瑞说："这个警察的故事，我在《中国法治报》上看到了。你看看吧，或许你能理解他。"

陆瑞接过报纸，把报纸折叠成了一个小方块，放进口袋里。

"你可一定要看，不看就还给我。"杨旸诚恳地看着陆瑞。

"知道了，一定会看的。"陆瑞有力地握着拳头，似乎像在发誓，表示他不会食言。

几天后的一个早晨，朝阳给玉带桥镀上了一层金色，波光粼粼的溪水跳动着银色的光斑，绿荫婆娑的垂柳，轻轻掠过水面。三五成群的小鱼顶着水面自由自在地游来游去，有的两条头靠头，似乎在商量着什么，有的首尾相连，好像在水中舞龙，还有的在捉迷藏……陆瑞看到站在桥上对着水面发呆的杨旸说："大队长，在发什么愣呢？"

杨旸回过神来，说："在看小鱼。它们多好啊，没有烦恼。"

"是的。"陆瑞突然想起来什么，说，"对了，你给我的报纸，我看了。他的故事，我也知道了。可是，这是真的吗？是不是他编出来的谎言？我才不信他是英雄。"

"你应该为他感到骄傲。我这里还有一个匣子给你。"说着，杨旸像变戏法似的，拿出一个精美的匣子。

打开匣子，几个鲜艳的奖章映入眼帘，陆瑞没有说话，捧着沉甸甸的匣子走进校园。自己一直不了解爸爸，原来自己的爸爸是个英雄。可是这样的反转形象，让陆瑞既欣喜，又一时难以接受。曾经认为爸爸是警察，可是后来爸爸竟然与毒贩同流合污，以至于妈妈与他分开，这是妈妈告诉他的，而杨旸告诉他的，是爸爸用间接的手段讲述他的苦衷，到底应该信谁的？去问妈妈，妈妈已经是植物人，苏醒遥遥无期。

“陆瑞，从明天起，你爸爸不再来送餐了。你要是想见他，就告诉我。”杨旸在后面说。

陆瑞没有回应。

故事讲到这里，你也许好奇，杨旸的报纸和奖章是哪儿来的？其实，不用说，你也应该猜到。在伯伯跟杨旸分享他和陆瑞的故事，杨旸就问：“你说的这一些，怎么能让陆瑞相信呢？”于是，报纸、奖章、信件，伯伯把这三样交给杨旸。现在杨旸已经交了两样，还有一封信没有交。杨旸想：信件，还是由伯伯亲自交给他才行。不过，这个要把握好时机，时机成熟了，一切水到渠成，瓜熟蒂落。

可是，伯伯等不及了。一天中午，伯伯来找杨旸，想和陆瑞见面。杨旸说：“我帮你转达，不过他能不能来，就不知道了。”

“谢谢你！想让他和他妈妈说说话，这几天，医生说，他妈妈病情好转了，说不定能醒过来。”伯伯说。

杨旸到了教室，对陆瑞说：“送餐的伯伯在校门口，想见你。你妈的情况——”

见杨旸欲言又止，担心妈妈的不测到了，着急地说：“我妈怎么了?”

杨旸不说，陆瑞更着急了，说：“他人呢?”

“在门口。”

“东门还是西门?”

“西门”

陆瑞恨不得插上翅膀飞奔过去，在西门见到了他。不等他开口，陆瑞说：“我妈怎么了?”

“医生说，妈妈的手偶尔有知觉，手指头能动两下，这两天是关键，希望你能回去帮帮我，唤醒妈妈。”伯伯说。

“嗯，好吧。那晚上我跟你回去，外公那边怎么办呢?”

“外公知道了，现在也在我家呢。”

想到妈妈会苏醒，陆瑞无比兴奋，可是这毕竟是假设。但是他相信，一定有奇迹会发生。

后来，陆瑞跟着他爸爸回去了，请了几天假。没想到，杨旸再见到陆瑞的时候，他精神焕发，又变成那个让大家开心的幽默小伙儿。陆瑞告诉杨旸，妈妈奇迹般地苏醒了，那封妈妈的亲笔信是妈妈交给他的。他误会了爸爸，并谢谢杨旸为他所做的一切。

后来，陆瑞转学了，转到乡下去了，班上缺少了代理班主任，还真是少了什么。

# 8 治治公主病

## （一）

每次杨旸出去玩，必不可少的旅伴非徐玉瑶莫属。今年四个好朋友的妈妈聚在一起说："今年暑假不如就带她们去北京玩吧。"

"好吧，那我们自驾游吧！"一个妈妈兴奋地说，她和她的老公经常自驾出游。

"自驾是好，可是我已帮瑶瑶报了北京游学团呢。"徐玉瑶爸爸没时间，她们娘俩正常跟团。

"嗯，这个主意不错，我也打算帮丫头报个游学团。那我们一起吧。"杨旸妈说。

"OK，就这样愉快决定了！到时再联系。"几位妈妈都觉得游学挺有意义，满意地笑了。

转眼间，暑假来了。杨旸、徐玉瑶、吴梓晗、马千惠四人收拾好东西，准备跟团坐火车去北京了。这次游学对几个小姑娘而言是一个不小的考验。在没有家长陪同的情况下，到底能不能自理，能不能做到学习娱乐生活兼顾？

可集中时却有了状况——徐玉瑶妈妈出现在游学队伍里。

“唉，公主病又犯了。”杨旸自言自语，却被一旁的吴梓晗和马千惠听到了。

“可不是吗？每次一有这样的活动，她都是个例外。”吴梓晗愤愤不平地说。

不满归不满，行程并没有耽误。游学团到了北京时天已经黑了。大家的肚子早已饿得呱呱叫，导游便带大家一起到了一家看起来装修相对简朴的餐厅。

“NO！NO！NO！我不要在这里吃饭！”徐玉瑶突然大叫起来。她拉着妈妈的手，指着对面一家灯光闪烁的火锅店，兴奋地嚷着：“妈，我们去吃火锅吧！”

人群中不知是谁“切”了一声，大家小声地笑了。徐玉瑶妈妈的脸“刷”地红了，她不好意思地看着大家，无可奈何地跟着女儿走了。

徐玉瑶一点没有意识到，一直以来她都是这样的。她开开心心地饱餐了一顿，心满意足地回到旅馆玩起了手机。

杨旸、吴梓晗和马千惠吃完饭洗漱好后，都把衣服洗好晾起来。她们也很兴奋，第一次独立出行，充满了挑战，她们各自和父母视频，展示了自己的劳动成果。看到父母在手机另一边不停地夸奖自己，她们心里比吃了蜜都甜。

把第二天要带上的行李收拾好后，她们安心地上床休息。

第二天，大家都早早地起床，准备出发去故宫，可点名时发现少了徐玉瑶。原本定的发车时间是七点半，一直等到八点整才看到她妈妈急急忙忙拉着她出现在众人面前。徐玉瑶呢，还在悠哉游哉地听着歌，一点也不觉得内疚。

到了故宫，徐玉瑶的事儿又来了：一会儿说脚疼，一会儿说走不动，而且还要其他人都停下来等她。

等到徐玉瑶去上厕所时，她的妈妈才小声嘀咕："这孩子，我可真是拿她没办法！"虽然杨旸、吴梓晗和马千惠都听见了，但是她们并没有作声。

下午回到宾馆，杨旸她们仨立刻像一块磁铁一样吸在床上起不来了，只有徐玉瑶还精神十足。她兴冲冲地跑来敲杨旸她们的房门，敲了好久都无人给开门，她很不高兴，踹了门一脚才怒气冲冲地回去了。

（二）

也许是白天玩得太累，孩子们都很快进入梦乡。可远离孩子的几个妈妈却还没休息。这不，杨旸妈妈的手机微信群这会"嘟"了一声。这是提醒来了一条新消息。说是群，其实群里只有四个人，就是杨旸、徐玉瑶、吴梓晗和马千惠的妈妈们，取名"美妈群"。为什么叫美妈？因为这四个妈妈都是身材苗条、脸蛋漂亮的美女呀。她们不在一个单位，工作上也没啥共同话题，这个群的主要功能就是让她们有机会经常交流育儿经验。

“你们睡了吗？”徐玉瑶妈妈在群里问。

“没呢。”

“还没有。”

“正准备休息。”

“我们家瑶瑶的公主病又犯了，你们说这可怎么办？要是她能有你们娃的一半乖巧，我就谢天谢地了……”徐玉瑶的妈妈说的同时发了一个郁闷的表情。

“我们家的也没你想得那么好。”马千惠的妈妈谦虚道。

“我听别人说浙江省湖州市的莫干山有个军事夏令营，不如我们把她们送到那儿去锻炼锻炼吧。”杨旸妈妈突然冒了一句。

“嗯，好主意！我们家那个平时看起来很乖巧，其实在家里也和瑶瑶差不多。”吴梓晗妈妈立即附议。

四个美妈当即就达成了一致意见。

从北京游学回来之后，四个好朋友听到可以去莫干山参加夏令营，开心得不得了，都说莫干山这儿可好玩啦！

她们哪里知道，玩只是一个幌子，以后的苦日子可有的受呢。

报名参加夏令营的孩子还真不少。那一天，家长们把孩子交给了夏令营专车导游，30个孩子欢呼雀跃地坐上大巴。他们兴奋地与家长挥手告别，大多数孩子都是第一次没有父母陪伴，感到非常新鲜。

“莫干山位于浙江省湖州市德清县境内，是沪宁杭金三角的中心。那里是中国四大避暑圣地之一，也是国家4A级风景区，国家森林公园……”一路上，导游阿姨绘声绘色地给他们讲解着。

杨旸、徐玉瑶、马千惠和吴梓晗听了介绍，恨不得插上翅膀立即飞到了莫干山。

经过十几个小时的高速行驶，他们终于在傍晚六点钟的时候到达了莫干山。导游把他们交给军事夏令营领队，然后对他们说：“孩子们，五天之后我会带你们的家长来接你们的，祝大家愉快！”

## （三）

夏令营的第一个夜晚是最让人难忘的。

已经十点钟了，大家洗漱完后各自上床准备睡觉。因为夏令营统一安排住宿，杨旸和徐玉瑶被分在一组，和其他四个女生睡一个宿舍。马千惠、吴梓晗和另外四个女生睡在隔壁宿舍。因为这一天的行程很紧凑，体能消耗很大，大家都很快地睡着了。唯有徐玉瑶还在翻来覆去睡不着。这一来，睡在她下床的杨旸可就遭了殃。头顶上不时传来的“嘎吱嘎吱”声搅得她头昏脑涨，明明困得要死，却怎么也睡不着觉。

“杨旸，杨旸。”徐玉瑶突然悄悄探出头对着床下喊。

杨旸正迷迷糊糊，没听见。徐玉瑶不甘心，爬下来推了推杨旸。

杨旸很生气，闭着眼睛嘟囔了一句："干吗？别烦！"

"杨旸，我怕……"徐玉瑶抿抿嘴，快要哭了。她是真的害怕。平时她一直跟妈妈一起睡，今天独自睡觉，而且还在上铺，她害怕一不小心掉下去。

"你怕什么呀？这儿有这么多人，又不会有坏人来把你抓走。"

"我不喜欢睡在高处。"

"为什么呀？不是还有一个栏杆护着你吗？"

"反——反正我不上去了。"徐玉瑶耍起赖来。

"别再烦我睡觉了好吗？大小姐。"杨旸真恨不得把她给推走，没好气地翻了个白眼。

"你不肯换，那我就睡在你这儿。"

杨旸无可奈何，只好爬上去睡下了。本以为这下可以安安心心睡个好觉，可没想到杨旸刚刚有了睡意，又被徐玉瑶给叫醒了。

"杨旸，杨旸。"

"你又想干什么呀？让不让我睡觉了？"

"我睡不着。"

"怎么回事？我已经和你换过床了，还想怎么样啊我的大小姐？"

"我一个人睡不着。"徐玉瑶站了起来，"你可以和我一起睡吗？"

“不行。”杨旸的话音刚落，窗外突然出现了一道手电筒光。不好，是巡查老师。徐玉瑶吓得赶紧爬到床上。可等灯光一消失，她又钻出被子。可不知怎么回事，这手电筒光好像和她玩捉迷藏，一会儿又照了过来。来来回回几次，徐玉瑶担心被批评，只好无可奈何地躺在床上。没想到，折腾了这么久，她也累了，没隔几分钟竟然呼呼大睡。

耳根终于清静了，杨旸这才进入了梦乡。

早晨七点整，喇叭里响起了起床的铃声，除了徐玉瑶其他人都已经穿好衣服，叠好被子，洗漱完备等待吃早饭。可是徐玉瑶呢，这会儿还躺在被子里睡大觉呢。杨旸想要把她拉起来，可是徐玉瑶有点胖，无论杨旸怎么拉，她都稳如泰山，纹丝不动。

正在这时，吴梓晗和马千惠进来了。她们也帮着杨旸拉，徐玉瑶这才不情不愿地爬起来。

“真是，我还没睡够呢!”徐玉瑶揉着眼睛埋怨。

“哈哈，瞧瞧，这里有只卷毛狗!”看着徐玉瑶头发乱成一蓬，吴梓晗忍不住笑起来。

徐玉瑶这才彻底清醒，吐着舌头做了个鬼脸，冲进了卫生间。

杨旸、吴梓晗和马千惠则马不停蹄地忙起来。一个帮徐玉瑶整理内务，一个帮她穿衣服，一个帮她梳头。可徐玉瑶这个大小姐满头乱发，还没梳几下，她就龇牙咧嘴地大呼小叫起来。

“唉，这个家伙，真让人头痛!”

## （四）

军训的日子起初是新鲜好奇的。但随着一天的训练下来，当初那种美好的感觉已经荡然无存。“稍息、立正、向右看齐、齐步走、报数……”教官严肃的表情，清澈响亮的口令声，还有场上整齐划一的动作，看起来是道美丽的风景。其实等你真正走进去，就会发现那简直就是枯燥无味的煎熬。

上午吃完早饭，教官带着一行 30 人来到了树荫下。那里放了 31 张凉席和 31 条被子。教官严肃地说：“今天上午你们必须学会叠被子，下面我来给大家做个示范。”

叠被子？这还不简单？同学们叽叽喳喳地小声嘀咕起来。

教官没有说话，扫视了一圈，迅速动起手来。真是神了，一转眼工夫，本来摊在地上的被子就成了豆腐块，尤其是那四个角，就像用刀切过一样。

教官让每个人尝试着叠好自己面前的被子。五分钟时间，除了徐玉瑶，其他人的被子都叠好了，最终还是在杨旸和马千惠的指导下她才勉强叠好了。

“大家都表现得很不错。接下来大家必须独立叠被子，时间两分钟，过关之后才可以归队。”教官看着众人点了点头，接着严肃地说道。

“滴答滴答”，两分钟很快就过去了，这一次徐玉瑶没辙了，对着被弄得乱糟糟的被子束手无策。

“这位女同学怎么回事？大家都叠好了，为什么你还不动手？”

“我……我……”徐玉瑶一开口眼泪就出来了。教官没有办法，只好手把手教她。可是，等教官把被子铺开让她重叠，她不是把被子绞成一团，就是叠得像个草窝，反正没有一次叠成方形。

大家看着她手忙脚乱的窘样，忍不住发笑，又担心伤了她的自尊，只能使劲憋着。

徐玉瑶也是个要强的姑娘，她终于意识到自己平时太依赖妈妈，完全没有动手能力，心里后悔得要死。可是她没有气馁，一直到大家去食堂打饭时她都没停止，默默地继续练习。终于，在第N次时她成功地叠出了一个豆腐块。

“呀，我终于会叠被子了！”徐玉瑶激动得流出了眼泪，“我可以安心地吃早饭去了！”

等她气喘吁吁地赶到食堂时，打饭的队伍早已排成长龙。她看到杨旸已经排到第四位了，便想插进去。

谁料一旁的教官一下子将她抓住，她被拎着耳朵乖乖地排到了队伍的最后。幸好杨旸给她留了座位，否则今天她只能站着吃了。

可是徐玉瑶的小毛病就像天上的星星一样多，总是给她惹麻烦。这不，教官刚刚才说过吃饭的时候不能说话，但是徐玉瑶很快就违反了这条规定，她一会儿对左边人说几句，一会儿又问右边同学几个问题，一张小嘴一刻也没停下来。

可她只能自言自语，因为没人跟她搭话。正在徐玉瑶想跟杨旸说话时，教官走到了她身边。她一下子被抓了个现行，被罚站着吃饭。她平时吃饭就慢，这一来吃得更慢了，直了到工作人员打扫得差不多，她才吃完饭。

中午睡午觉的时候，徐玉瑶向杨旸诉苦道：“这里实在是太苦了，我想回家。”

“你想回去就自己想办法吧，我可没辙。”

“你有没有带手机?”

“带了，但是你忘了吗？都被教官收走了呀。”

“那该怎么办啊?”

“我听别人说大门口有一个电话亭，可是——”

“可是什么?”

“你出得去吗?”

宿舍里一片安静，徐玉瑶没办法，只好躺到了自己的床上，因为她知道，这五天自己是绝对出不去的。

下午三点钟，太阳已经偏西。教官把他们一行 30 人拉到了操场上，大声说：“现在，你们每个人做 30 个俯卧撑练习。”同学们立即趴下开始了练习，只有徐玉瑶站在原地一动不动，显得格格不入。

教官疑惑地问：“徐玉瑶，为什么你每次都要和其他人不同呢？杨旸、马千惠出列!”

教官指着徐玉瑶对她俩说：“你们负责指导督促她，做不足 30 个俯卧撑不许停!”

徐玉瑶这下慌了，不停地朝她俩眨眼，祈求她们手下留情。杨旸和马千惠互相看了一眼，耸耸肩，对她露出了一个“没办法”的表情。

徐玉瑶看到实在躲不过去了，才很不情愿地趴到软垫子上。在两个“小教官”的严格督促下，徐玉瑶终于完成了规定任务。

只是，做完30个俯卧撑，徐玉瑶彻底累成了一摊泥。

## （五）

军训的五天度日如年。不过杨旸、马千惠和吴梓晗都很快就适应了。徐玉瑶的变化也很大，她不再是任性娇气的小公主了。你看，烈日下，为了练习好规定动作，她一次又一次地反复练习，汗水湿透了衣衫也不休息一会儿；早晨，她叠的被子方方正正，还刻意折出了棱角；以前从不洗衣服的她现在洗起衣服来也是有模有样的了。不仅这样，她还勤快了许多，擦桌子、扫地、倒垃圾，样样活都抢着干。尽管她有时候还会在背地里哭鼻子想妈妈，但她始终咬着牙坚持了下来。

军训快到尾声了，杨旸她们归心似箭，盼望着家长来接。

终于等来了结营的这一天。下午一点，教官让每一个人都去打一盆水放到草坪上。大家都十分不解，但又不得不做。后来教官又让大家去搬来自己的椅子。教官的葫芦里究竟卖的是什么药？大家面面相觑，不知所措。

终于，一声哨音响起，教官和颜悦色地开了口：“下面请我们的家长入座！孩子们，请为你的父亲或母亲洗一次脚吧。”

徐玉瑶早就看见了妈妈，教官话刚停，她就飞到了妈妈身边。杨旸、吴梓晗和马千惠也都很快找到了各自的妈妈，开开心心地拥抱在一起。

“瑶瑶，这五天你受苦了！”徐妈妈一会儿摸摸她的头，一会儿拍拍她的背，疼惜地说，“你看你变得这么黑这么瘦了。”

“妈妈，我不苦。”徐玉瑶咯咯笑着，“谢谢妈妈送我参加这个夏令营。我这次学到了很多生活本领，意志坚强了，不再娇气了。唯一难受的就是想妈妈……”

徐玉瑶一边叽叽喳喳地说着，一边让妈妈坐下，熟练地给妈妈脱鞋洗脚。看着女儿似乎变了个人，徐妈妈激动得捂住脸，流下了欣喜的泪。

“各位家长好！这次夏令营的军训很成功。不少孩子的公主病和王子病得到了很好的改变。其实，孩子们都非常好，只不过是我们的爸爸妈妈太宠爱了，以致有的孩子渐渐养成了目中无人、衣来伸手饭来张口的坏习惯。今天，我把一个能独立自理的孩子还给你们，希望家长朋友们改变一下教育方式，不要辜负了这五天的辛劳！”

教官的话还未说完，人群中就爆发出热烈的掌声。家长们不约而同地高喊起来：“教官辛苦了！谢谢！”

所有的家长都很感动，他们欣慰地看着自己变黑变瘦却精神抖擞的孩子，在心底默默下了决心。

# 9 慢蜗牛

## （一）

暑期过后，又到了开学的时候。一般五年级升六年级，任课老师不会有变化。正常的一二年级是一批老师，送到三四年级又换一批老师，老师们就像摆渡人，送走了一批，又迎来一批。可是开学后，杨旸才知道六年级段的老师全换了。现在的班主任是于老师，是带班经验丰富、教学有方的老教师。据说，好多转学的学生都想到她班上去。这不，今年有一位新生转来了，而且还和杨旸做同桌。

说起她，第一印象就是太慢了。速度慢，做事儿慢。在她的世界里，分针像时针一样的速度。她就是路小曼。杨旸和她做过同桌。于老师当时跟杨旸说："路小曼的作业做得太慢了，你去帮帮她，找找原因，提高她的速度。"杨旸点点头。

要说路小曼做什么都慢，也冤枉她。你看，她说话的速度蛮快的，像竹筒倒豆子。一天下午，体育课进入自由活动时间，几个女同学坐在一起聊起最近看的电影《银河补习班》。杨旸说："邓超演的角色真帅。要是我们的老师都像邓超一样，我们的生活肯定不是三点一线。在上学的时候，我们就能出去玩玩，也能看航展。你说，电影里故事，在现实中有吗?"

"有的，肯定有。听说在乡下的学校，学习压力就没有城里的学生压力大，他们经常去田野里玩。听我爸爸妈妈说，他们小时候还帮老师到田里捡棉花、割稻子……"

"拜托!"马千惠打断徐玉瑶的话，立刻怼她，"收起你的老皇历好不好？现在都是21世纪了，还在说20世纪的老故事。"

"刚才不是说现实生活中有没有吗？我说的是事实……"徐玉瑶立刻怼回去。

徐玉瑶和马千惠的抬杠是见怪不怪。大家都把目光投向她俩，连花坛里盛开的矢车菊也在风中轻轻摇曳，静静倾听。这时候，不知谁提议，让大家说说影片中有没有这样的故事，要说出自己的理由。轮到路小曼了。

"依我看，这是影片。影片就是由小说改编的故事，再做成剧本。所以，它是文学作品，当然是虚构的。"路小曼右手做了个向下的手势，意味着这是否定，她又接着说，"不过，再虚构的作品，都是有现实生活的影子，不可能无中生有。现实中，有不少同学的爸爸妈妈其实都反对现在的应试教育，我就是受害者，我的爸爸妈妈都是大学老师，他们认为小学就是小儿科，应该培养孩子的兴趣。当然，要他们让我请假出去玩，那也是不可能的。电影肯定有夸大的成分。"

路小曼流畅的发言，像机关枪似的，容不得你有半点喘息停留思考的机会。言毕，大家觉得有道理。因为这种方式，就像演讲一样。演讲的语速快，把他的观点灌输给你，你只要倾听，无须思考。这时，教体育的吕老师吹起口哨，同学们立刻集中整队，下课铃声响了。

杨旸觉得路小曼不是什么都慢，最起码讲话就不慢。其实，杨旸发现，路小曼何止讲话快？她跑步快，是班里的体育健将，是校田径运用会的运动员，50 米、100 米的冠军。可是，倒也奇怪，为什么一做起作业就这么慢呢？难道有分身术，下课后就速度快，上课就速度慢？

“杨旸，帮我把你同桌的作业交给我。”学习委员徐玉瑶对杨旸说。

路小曼上厕所了，杨旸帮她在桌子上找到本子。那课堂作业本上，就写了一行字，课文题目。天啦！课堂作业都是要求当堂完成，没想到路小曼作业速度这么慢！徐玉瑶很诧异，瞪大眼睛，嘴巴恨不得能塞下一个苹果：“怎么可能？简直比蜗牛还慢！以后干脆叫她‘慢蜗牛’。”也许言者无心，但是其他人记住了这个绰号：慢蜗牛。就这样，“慢蜗牛”的绰号就传遍了。

## （二）

晚上，柔和的灯光如水一样洒在房间里。书桌上洁白的茉莉花散发出淡淡的清香，和着咖啡的袅袅香气，钻入杨旸的鼻子。墙壁上挂着的油画是一幅山水图，几个儿童在溪涧垂钓，夕阳的余晖涂抹在远处的青山上，山也染成了橙红色。近处的溪水边，青翠欲滴的草地上一丛丛野花五彩缤纷，像夜空中闪烁的星星。溪水的颜色多变，一半是藏青色、天蓝色，一半是橙色、赤色，正如白居易的《暮江吟》所说：一道残阳铺水中，半江瑟瑟半江红。

杨旸端详着这幅画出神，突然看到被她忽略的人物，从远处走来。她猛然意识到，那个人应该是诗人胡令能。他向这边走来，准是询问儿童什么事。什么事儿？能有什么事儿？书上的图是中午的太阳，而中午正是日到中天的炎炎之时，还有谁去钓鱼啊？应该是凉爽的夕阳西下的黄昏。那远处的人会问什么呢？对了，应该是借问客栈何处有？儿童摇手不应人。

杨旸感到豁然开朗。因为今天晚上的语文作业就是改写一首古诗。杨旸正愁素材，没想到房间里的画激起了她的灵感。她手不停挥，笔走如飞，不一会儿，习作《改写＜小儿垂钓＞》就完成了。完成作业后，她拿起杨红樱的书《漂亮老师和坏小子》看起来。她想：路小曼不知道有没有完成作业？她的成绩老是排在后面，跟她不能按时完成作业有关。当然到底是什么原因？我再细细发现，然后告诉她，帮助她进步成长。

第二天，于老师让学习委员统计作业未完成的同学。结果，路小曼赫然在列。可是，于老师没有请路小曼到办公室“喝茶”，却把杨旸请过去了。

“让路小曼坐到你旁边，就是想让你帮帮她，她怎么还是跟以前一样？”于老师的话中显然有愠色。

“当然，这不能怪你。老师希望你能发现问题，帮帮她，好吗？”于老师话锋一转，带着乞求的语气说。

回教室后，杨旸问路小曼：“昨天作业，为什么不做呢？”

“我不会啊。”路小曼说得理直气壮。

“那今天能交上去吗？”

路小曼摇摇头。

“What？”

“因为我不会啊！”路小曼依然说得理直气壮。

杨旸想：也对啊，人家不会，怎么能完成呢？看来，路小曼差在理解上面。但是，这个想法很快就被她否定了。

上课了，于老师问，《塞下曲》是写的是什么环境？没想到，第一站起来分享的是路小曼，她说：“应该是冬天，下着鹅毛大雪的时候，从诗中‘大雪满弓刀’可以看出。时间应该在晚上，从‘月黑雁飞高’可以看出。”接着吴老师让同学们写一段夜幕下军营的场景。路小曼还是第一个举手发言。只见她捧着本子，娓娓道来：“寒冷的冬夜，北风呼号，大雪纷飞，到处是漆黑的一片。黑蒙蒙的天空不见了本该放着清辉的月亮。军营中肃然寂静，哨兵紧握长枪挺立在营房门前，目光仿佛要穿透黑夜。风越刮越大，军旗在风中猎猎作响。这时，从远方传来几声雁鸣。”路小曼的描述，活灵活现，栩栩如生，就像影视剧中的桥段一样。同学们不得不佩服。于老师说：“这么精彩，此处应该有掌声啊！”“啪啪啪……”大家鼓起掌来。下课后，杨旸觉得意犹未尽，想细细学习一下，问：“路小曼，你描写的环境，能给我看看吗？”

“你不是听过吗？”路小曼反问道。

“是啊，听过了，但是没有细听，只觉得好，再让我学习一下呗。”

“不行！”路小曼还是不同意。

乘路小曼不注意，杨旸一把抢过本子。天啦！这个家伙竟然在本子上啥也没写！她怎么能读得出来的？路小曼的脸“刷”的红了，食指放到嘴边，“嘘”了一声：“替我保密。”

“怪才！奇才！这哪是什么差生？我自叹不如。”杨旸反思道。

（三）

学校要举行运动会了。班长马千惠把消息传达给大家。体育健将们摩拳擦掌，跃跃欲试，争相报名。

“杨旸，这次你报什么项目了？”徐玉瑶问。

“我报游泳。”杨旸调皮地回答。

“拜托！这次田径运动会，都是室外的。哪有室内的？再说，游泳也不是田径运动。”

“那是什么运动?”这次吴梓晗和马千惠一起怼她。

“有氧运动。”

“哪些是有氧运动?”杨旸问。

这次正是徐玉瑶展示才华的时候，她笑着说：“给你们普及一下。游泳属于有氧运动的一种。有氧运动，按照运动项目分类，有体能类的，比如，慢跑、跳绳、自行车、游泳；表演类的有舞蹈、健美操；力量耐力类的，比如俯卧撑、仰卧起坐、举哑铃；球类的，就是乒乓球、羽毛球、高尔夫球这些。知道吗？想继续听的，交学费。”

“还交学费呢?”马千惠说，“你说得对不对，还不知道呢?我问你什么叫有氧运动，什么叫无氧运动?”

“这你难不倒我。”徐玉瑶故意停顿一下，说，“不给学费也行，请我吃肯德基。”

“掉到钱眼里了。”杨旸和吴梓晗不约而同地说。

“有氧运动嘛，就是有氧气的运动。”

“什么谬论?”杨旸、马千惠、吴梓晗齐怼她。

“还没说完呢。”徐玉瑶知道她们要反对，接着说，“就是人体在氧气充分供应的情况下进行的锻炼。有氧运动的轻度低，但是运动时间长，一般半个小时以上，心率保持在150次/分钟的运动量为有氧运动。”

“你怎么知道的？谁告诉你的。”杨旸非常好奇。

徐玉瑶答道：“书。”

说着，她们来到肯德基店，进去，找位置坐下，点餐，用餐。餐厅里，柔和的音乐，穿着工作制服的服务员，和外面熙熙攘攘的人群形成对比。室内，安静，环境优雅，似乎时间滞留；室外，来来往往的人群，行色匆匆的车辆，忙碌的节奏。

“老师给你们帮扶结对的同学，你们怎么帮助的?”马千惠问。

“唉！别提了，我帮扶的对象，还是原地踏步，上次默写词语五十分，教他订正，他默写时又错了。”吴梓晗埋怨道。

“哈哈，我的帮扶对象比你强多了，他上次默写满分。”徐玉瑶得意地说。

“你怎么做到的?”杨旸、马千惠、吴梓晗齐声问道。

“这不简单吗？成绩差的同学，肯定有差的原因。发现问题，解决问题。上次老师要举行百词竞赛，我先给他默写了一遍，发现了他的错误，就让他多写几遍，结果就是这样了。”

是啊，要解决问题，首先要发现问题，杨旸醍醐灌顶。她想，我的帮扶对象是路小曼，她的特点就是慢，我要找到慢的原因。

## （四）

一天自习课上，教室里非常安静，只听见“沙沙”的写字声。杨旸发现，路小曼的作业，一个字儿也没动。为什么呢?原来，她在找东西。只见路小曼弓着背，弯着腰，到书包里翻出作业本，懒洋洋地放在桌子上。然后，路小曼又去找文具包，打开文具包，又找不到钢笔。她把书包里翻个遍也没找到，后来在桌肚里找到了。这么折腾，半节课的时间过去了，她才开始写作业，而周围的人，不少已经完成作业，在看课外阅读的书。

杨旸像发现了新大陆似的，跟路小曼说："你作业慢的病根，我找到了。"

"是什么?"路小曼用乞求的眼神望着杨旸。

"你进入学习的状态太慢了。"

"什么意思?"

"换句话说，就是准备不充分，磨磨蹭蹭的。"

"嗯，说得有道理，那怎么办呢?"

"你先要养成好习惯，你看看，你的本子和笔，都是随便放的，找起来就不方便，你把它放在固定的地方。"杨旸指着路小曼的书包，接着说，"你要学会整理收拾，这样速度快了，你就能很快地写作业了。"

路小曼沉默了，似乎接受了这个理念。这不，她开始收拾了。笔、橡皮、修正带、尺子都有了自己的家，再也不会四处流浪了。本子、课本也归类放在自己的房间，再也不串门了。

又一次，在英语课上，老师在 PPT 上留了几道题，让大家抄下来做。杨旸悄悄对路小曼说："看谁先拿出本子写作业。"话音刚落，路小曼就一切准备到位，不得不佩服她的速度！可是，当杨旸完成了两道题时，路小曼还一个字未动。这是为什么？杨旸没有立刻提醒她，而是在观察。只见路小曼咬着笔头，眼睛盯着窗外的蓝天。那是多么蔚蓝的天空！真像一块巨大的蓝宝石，杨旸只在拉萨玩的时候，看到过那样的天空。那是上帝的窗帘。这时，飘来几朵云，云又瞬息万变，一会儿变成可爱的小白兔，一会儿变成一棵茂盛的大树，一会儿又变成了瀑布。这时，有人把作业交给老师批改了。杨旸才意识到自己被路小曼带到窗外的天空去了。

“路小曼，你怎么还不写作业?”杨旸提醒道。

路小曼这才回过神来，连忙写起作业来。结果，作业未完成的人，只有路小曼一个。路小曼倒没有什么感觉，她已经习惯于落后别人。倒是杨旸感到难为情，自从她与路小曼结对，路小曼仍然落后。班里的青蓝小组，也是于老师的特色。青出于蓝而胜于蓝，于老师就是希望优秀的学生带动学习困难的学生，大家共同进步。班里的有八对小组，大家相互比赛，看谁的帮扶的对象进步快，杨旸看着别的组都在进步，真着急！

“路小曼，你的问题是思想开小差，别往外面看，你做作业的速度肯定不会慢。”杨旸说这话时，故意压住怒火和委屈。

“是！遵命!”路小曼俏皮地回应。

下午第二节课是数学课。做作业时，路小曼说：“杨旸，我再向外面看，请你揪我的耳朵。拜托，我不会怪你的!”杨旸点点头。这次，路小曼没有看窗外，她拿起笔专注地看着题目，半晌一动也不动。杨旸把作业交给老师检查批改，回到座位上时，看到路小曼衔着三角尺，闭目养神。数学老师在清点本子，说："怎么少一本？还有谁没有交？"路小曼如梦初醒，赶忙装模作样地写起来。老师严厉地说："是不是要我一个个点名？谁没交的站起来！"路小曼站起来，低着头，握着笔在纸上写了两个数字。

数学老师说："就这么三道题，快的五分钟，慢的十分钟吧，没见过你这么慢的。说说到底怎么回事？"

路小曼低头不语。下课后，路小曼被老师请到办公室去补作业了。这已经不是第一次了。

"路小曼，你怎么又这么慢？"杨旸责怪道。

"那你为什么没有提醒我？"没想到路小曼倒打一耙。

"我提醒你不朝外面看，你又没有朝窗外看。我怎么知道你看着书本照样会开小差？"杨旸气呼呼的，接着说，"马上要期中考试了，你没有进步，会牵连到全班，也会牵连到我。"

"我也知道自己习惯不好，注意力不集中，可是我改不了。"路小曼摊摊手，做出无可奈何的样子。

"你呀，不是没有发现问题，而是发现问题不解决，那问题还是问题。"

她俩正说话着，马千惠对大家说："报名，报名。校园体育运动会，请大家为班级争光。"话音刚落，路小曼立刻来了精神。一来她要报名，二来下节课就是她最喜欢的体育课。这个路小曼啊，真是上主课是虫，上副课（主要是体育）是龙。

突然，一个能让路小曼进步的创意冒了出来：阻止她报名参加运动会。只要她改掉学习上慢吞吞的毛病，就让她报名。她酷爱运动，这一招准行。杨旸把想法和班主任于老师说了，于老师同意了。她再去找班长马千惠，马千惠说："这怎么行？这样会影响我们班级的体育成绩的。我们可是一个体育强班，路小曼是运动健将，少了她，我们会少拿好几个冠军的。这不是便宜了其他班级吗？"最后，杨旸搬出了"于老师同意了"的话，才说服了马千惠。

于是，就出现了这样的一幕：班级公布运动员名单的项目上，没有路小曼的名字。路小曼立刻大叫起来："班长，我早就报名了，你能不能负责一点？"

"没办法，老师定的。"马千惠说。

"好吧。"路小曼立刻像霜打的茄子——蔫了。

## （五）

林荫小道，银杏树的叶子开始换装，由一身碧绿到满树金黄。只有少数叶子还是翠绿，但是周边也开始泛黄，就像与深秋的季节不和谐似的。金色叶子落在甬道上，就像铺上了一块金色的地毯。掉下来的一片片金黄的叶子，闪着昨夜的雨珠，熨帖地、平展地粘在甬道上。它们不规则地排列着，形成万花筒似的图案。路小曼走在其中，脚上棕红色雨靴像两只棕红色的小鸟，在叶丛间愉快地蹦跳着、歌唱着。

美丽景色，让路小曼暂时忘却了烦恼。“我就不信了。于老师竟然不要班级校运会的成绩。如果不是于老师的意见，那只有一种可能，就是杨旸。她和我结对，我老是拖后腿，一定是她要成绩，向老师提的建议。”路小曼自言自语。

学习委员收齐了本子，清点一下，怎么又少一本？徐玉瑶大声说：“还有一个人没有交？谁没有交？”大家目光不约而同地扫向路小曼。路小曼明显感到这强烈的目光，如同烈日下的强光。她装作若无其事，在看书，好像这事儿跟她无关。

“路小曼，你本子交了吗？”徐玉瑶问。

“别带着有色眼镜看人，好不好？我交了。”路小曼嗔怪道。

“徐玉瑶，你点一下名字。全体起立，报到名字的坐下去，让没交的人亮亮相。”于老师下大了命令，声音里带着严厉。

同学们齐刷刷地站了起来，就像树林里的一棵棵树木。“张子航、周子妍、马千惠、张书晨、宋能杰、丁超、孔子昊、顾昊成……”随着徐玉瑶的点名，一棵棵“树木”矮了下去。最后，杨旸一个人孤零零地站在那里。

“我交了的。”杨旸指着吴梓涵说，“昨天我的作业完成了，我还和吴梓晗对了一下答案，她可以证明。”

“是的。杨旸确实做了。”吴梓晗站起来说。

“可是，作业本在哪儿呢？”于老师不解地问。

杨旸把书包里里外外搜了个遍，还是一无所获。有人提议，会不会被路小曼收到书包里了。路小曼说："没有，不信你看。"徐玉瑶到路小曼书包里和桌肚里帮忙找，结果仍然是一无所获。

杨旸很委屈，明明做了作业，怎么作业本就不翼而飞呢？难道作业本也和我躲迷藏？但是，当路小曼抬起臀部，弯下腰捡修正带时，杨旸看到她屁股下面正是她的本子。杨旸明白了，她没有声张，而是忍住了委屈的泪水，说："我来帮你捡吧。"

眼看运动会要临近了。杨旸看出路小曼很着急，就给她讲了两个故事。故事一：有两只蚂蚁，天天钻出树缝晒太阳。有一次，两只蚂蚁被风吹到树下的大水坑里。一只蚂蚁吓得动也不敢动，僵直地伸着它的足和触角，连呼救的勇气都没有。它感到自己的身体正在慢慢往下沉。它想：不行了，我完了。另一只蚂蚁，心里也充满恐惧，但是它想：不去挣扎，我肯定会死去。可是我怎么能这样死去？哪怕有百分之一的生存希望，我也要尽百分之百的努力！第二天清晨，只有一只蚂蚁出来晒太阳，就是那只在大水坑里挣扎的那只。

路小曼说："我懂了，你是要我抗争，去努力。不努力，肯定争取不到报名的机会。"

杨旸点点头："对了，正是如此，再给你讲个故事。"

故事二：一个人在黑夜里走路，有个声音跟他说："蹲下。"他赶忙蹲下。声音又起："捡起来。"他赶忙捡起地上的石子放到口袋里。他接着走，那个声音又传来："蹲下——捡起。"他又蹲下去捡起石子。他一路走，声音不断传来，后来声音没有了，他依旧蹲下去捡起石子。到了天亮的时候，他惊奇地发现自己口袋里装着的不是石子，而是钻石。

“怎么会是钻石呢?”路小曼十分好奇。

“上帝看到他养成了习惯，而良好的习惯就是宝贵的财富。”

“哦。”路小曼若有所悟。

路小曼逼着自己不再漫不经心，逼着自己提高速度。果然，很有效果。渐渐地，她养成了不再拖拉的习惯。她认为自己会彻底告别“慢蜗牛”的绰号，能早日报上名，因为于老师说过能坚持一周，就可以报名参赛。

终于到了星期五，学校下午组织学生在食堂里包饺子。每人盛一碗热气腾腾的饺子，边吃边聊。杨旸和徐玉瑶、路小曼、马千惠一桌。杨旸对路小曼说：“恭喜你拿到报名资格。你做作业的速度都超过我了。”

“谢谢你，要不是你的帮助，我哪会进步这么快呢?”路小曼说。

不一会儿，杨旸、路小曼、马千惠都吃好了，只有徐玉瑶还有几乎一碗。杨旸说：“徐玉瑶，你这速度比蜗牛还慢，这个称号要给你了。”

“谁让你逗我说话呢?”徐玉瑶边嚼着饺子边说。

快到教室的时候，路小曼拉住杨旸，红着脸低声说：“杨旸，对不起，你的本子是我拿的。”

出乎路小曼的预料，杨旸似乎早有察觉，说道：“都过去了。那天你抬起屁股要捡修正带，我就看到我的本子了。我知道，我帮你，让你误会了。其实，你早就报名了。”

半晌，路小曼感动得说不出话来。她紧紧握着杨旸的手，泪水顺着脸颊流淌……

# 10 燃烧卡路里

## （一）

一天，大课间活动，于老师对马千惠说："马班长，你该燃烧卡路里了。"马千惠不好意思地笑了："是。"不知何时，马千惠苗条的身材开始走样，渐渐发胖了。其实，不光是马千惠，班上好多人也开始发胖。你想想，现在谁不是吃货？面对餐桌上的鸡鸭鱼肉，谁能抵御美食的诱惑？

放学了，杨旸看到马千惠肉嘟嘟的小嘴巴，说："小马，瞧你的脸颊都有婴儿肥了。"

"是吗？我怎么没感觉到？"

"自己身上的肉，只有别人看到。"徐玉瑶瞟了马千惠一眼说。

"徐玉瑶，你也好不到哪里去！"吴梓晗指着徐玉瑶说，"瞧你的肥大腿！"

"腿肥，脸不肥。谁能像你一样，保持苗条的身材！"徐玉瑶充满羡慕地说。

吴梓晗的确身材苗条，让杨旸她们非常羡慕。她属于天生丽质，从不减肥，而且特别能吃，吃了还不长胖，真有口福。马千惠望着天空，喃喃地说：“要是我能像吴梓晗那样该多好啊！”

杨旸说：“别做你的美梦了。人家吴梓晗是文娱委员，每年班级的节目都是她排的。你要是身材走样，连进舞蹈队伍的机会都没有。”

“就不能走走后门吗？”马千惠调皮地说。

“那要问问吴梓晗了。”徐玉瑶说。

“好了。”马千惠嘟起嘴巴，接着说，“我减肥就是了。从明天起，看我燃烧卡路里吧！”

怎么减呢？杨旸告诉马千惠：“病从口入，肥也从口入。没有鸡鸭鱼肉的堆积，哪来的肥胖？要减肥先要忌口。”

“怎么忌口？”

“少吃肉，或者不吃肉。”

“那好办，我吃素就行了。”

“还要少吃饭，控制饮食。我记得我妈减肥时，只吃一点水果，菜吃得很少，饭根本就不吃。”

“啊！”马千惠惊讶得张大嘴。

杨旸说这句话时，她们四个姐妹正坐在肯德基里，那是她们常去的地方。可是，马千惠为了减肥，她只看着她们吃，她要用意志控制自己的嘴。虽然不由自主地咽下几口唾沫，但是她坚决不吃。

晚上，马千惠看着餐桌上的四菜一汤，三荤一素，就只吃素菜。第二天上学，马千惠以前总喜欢揣几块饼干放到书包里，但是今天她什么也没带。到了下午最后一节课，马千惠感觉到饿，随着时间的推移，胃渐渐地开始翻江倒海了，肚子发出了“咕噜咕噜”的响声，一阵阵的饥饿感向她不断袭来。

马千惠环顾四周，将书包翻了个底朝天，连个饼干屑也没发现。她向徐玉瑶求助，徐玉瑶说：“你不是要减肥吗？怎能吃东西？”“我肚子饿得实在难受。”马千惠说。

“小马，你要早说呀，我刚吃完。”说着徐玉瑶把“旺旺”雪饼的空袋子给马千惠看。

马千惠又向班里的零食大王徐嘉怡求助：“求求你，给我一块饼干好吗？”

徐嘉怡连忙摇摇手，说：“我的大班长，老师不让带零食。上次我的零食，是被你发现，还汇报给老师的。从那以后，我都是在校外吃完零食再进教室的。”

马千惠试图再想别的更好的办法。突然，她看到桌上水杯中的白开水，立马喝了几口，本以为能稍微缓解一下，水在肚子里晃荡，可依然饥肠辘辘、眼冒金星。这水只能解渴不解饿。怎么办呢？一个想法从她的脑袋里蹦了出来：用“望梅止渴”的方法，安徒生笔下的卖火柴的小女孩通过想象，获得了食物和温暖。如果我的脑中出现肯德基、三明治的样子，或许可以缓解自己的饥饿感。于是，她闭上眼睛想象着眼前就有一个三明治，两片面包里夹着培根和芝士，还有沙拉酱。果然，神奇的事情出现了，饥饿感在逐渐消退。

当放学铃声响起，马千惠赶忙收拾起书包，站在队伍里，她对杨旸说："现在就是给我一头牛，我也能吃掉。"

"那你还要不要减肥了？"

"不吃饱，哪有力气减啊？"马千惠边说边向妈妈身边跑去。

（二）

大课间活动，马千惠告诉杨旸，体重还是原样，肉肉还是没有掉下来。杨旸说："你节食了吗？""节食了，昨天饿得头昏眼花，眼冒金星。"

"看来光节食还不行，还要燃烧卡路里。要多运动，燃烧脂肪。"杨旸像专家似的。其实，杨旸是有发言权的。她的妈妈以前就减肥过，她目睹过妈妈减肥的过程。马千惠也想从杨旸那里学到经验。

马千惠说："节食太苦了。我要运动减肥，你陪我跑步吧。"杨旸点点头。

周末，她们四人约好去公园跑步。清早，远处树林之间的雾，时而聚合，形成一片白色的雾海；时而散开，像一朵朵在空中开的雾花。这浓浓的大雾，夹带着水汽，把一颗颗"水银珠"，轻轻地戴在人们头发上，让人有一种潮湿的感觉。微风吹拂，那雾推着雾，一忽移动，一忽停滞，一忽凝聚，一忽散开……她们在公园的路上跑步，不一会儿，汗水顺着脸颊流下。金秋的阳光温馨恬静，它把东方染成橘红色，放射出万丈光芒。雾像收到撤退的召唤，渐渐散去。秋风和煦轻柔，蓝天白云飘逸悠扬。

“唉，跑不动了，要休息一下。”马千惠说。

“好啊。我们能休息，你还要继续跑。”徐玉瑶指着马千惠说。

“运动也不能‘一口吃成胖子’，要循序渐进。”吴梓晗帮着马千惠说话了。

“还是小吴理解我。”马千惠边擦汗边向吴梓晗竖起大拇指。

她们四人边说边向公园的广场走去。此时，广场上有舞剑打太极拳的老人，有跳广场舞的大妈，有教学乐器的老师，当然还有乞讨的可怜人。其中有一个双腿残疾的人，年过半百，皱纹爬满古铜色的脸。他趴在地上，那裤腿里空荡荡的，让人心生怜悯。他在地上吃力地匍匐着，拿着一只碗向周围的人乞讨。路过的人有的慷慨解囊，送上百元大钞，有的人摇摇手说没带现金。那人指着一个自制的牌子说：“行行好！可以扫扫二维码。”他的举动令杨旸她们非常吃惊，什么？如今连乞讨的都用二维码了！还真有不少好心人扫码支付，献出爱心。

杨旸她们来到他身边，杨旸身上有十块钱，准备送到他的搪瓷碗里。意外的事情发生了，马千惠无意中踩到那位乞丐爷爷的空落落的裤子，而乞丐爷爷也没有注意到，继续往前爬。这一爬，把裤子全拖下来了，只见他在裤子里盘着腿，装出残疾的样子。众人一见，惊讶地叫出声来。“啊！原来是假的!”徐玉瑶失声喊出来。乞丐爷爷见真相被揭露，穿起裤子，破口大骂：“没长眼睛啊！断我的饭碗。”说着拿着道具，气呼呼地逃之夭夭。

“太不可思议了!”杨旸生发感慨，望着远去的乞丐老人，说，“我的同情心被欺骗了。”

“你就是同情心泛滥。其实我在网上看到过这样的段子，没想到我们在现实生活中遇到了。”徐玉瑶说。

“骗子太可恨了，利用我们的同情心。”马千惠愤愤不平地说。

杨旸说：“这老人为什么要出来行骗呢？他的子女怎么不关心他呢?”

“杨旸，你同情心又开始泛滥了!”徐玉瑶说。

“好，不说了。再跑 1000 米。”杨旸发出号召。

于是，公园里又有了一道美丽的风景线，她们在迈开步伐，挥舞双臂，满头大汗，朝阳把她们的倩影拉得长长的，照在她们甜甜的脸上。此时，心跳加快，调整呼吸，正燃烧脂肪。那首《燃烧我的卡路里》的歌又响起了，给她们注入了锻炼的动力。

## （二）

坚持，就会有收获。每天跑步锻炼，加上节食，让马千惠渐渐瘦了。吴梓晗觉得这种健身方式比较单调乏味，如果能加上舞蹈就好了。大家一致同意。

周日上午，她们都没有校外培训课，就相约到市民广场跳健身广场舞。当她们骑着自行车快到目的地时，看到前面围了两圈人，这是怎么了？一定发生了什么事，杨旸她们走近一看，原来是车祸。一辆奔驰车大概是速度快了，与一位骑自行车的爷爷相撞。那自行车前轮都有点变形，老爷爷戴着帽子，坐在地上，双手捂着右腿膝盖，痛苦地说："哎哟，好痛啊！"站在老爷爷旁边的年轻叔叔，三十出头，戴着黑色边框的眼镜，穿着红色的冲锋衣，长头发一律向后舒展，两侧的耳朵旁，还有闪电的造型，一看就是时尚的叔叔。他可能就是车主。只见他对老爷爷说："大爷，您没事儿吧？"大爷不应答，只是在哀叫："痛啊！"

一位中年的伯伯说："小伙子，瞧你这话说的，你把人撞了，能不疼吗？大伙儿都看见了，你迟迟不下车，下车了，也不先给老人看看病。"

"小伙子，你要联系他的家里人，拨打120啊。"人群中的一位阿姨说。

"好吧，我看还是先报警吧。"司机拿出手机，手指上价值不菲的钻石戒指闪闪发光，十分美观耀眼。

突然，来了一个中年男子走到老爷爷跟前，带着哭腔说：“爹，你怎么了？还能站起来吗？撞哪儿了？叫你别出来，你就不听，出事了吗？”

“哦，原来他是老爷爷的儿子呀。”杨旸自言自语。

“杨旸，你看——”马千惠指着戴帽子的老爷爷，像发现了新大陆似的。

“看什么呀？”杨旸反问道。

“这个老爷爷，是不是在哪儿见过？”马千惠提醒道。

“对了，好像见过。”徐玉瑶也似有所悟。

“我想起来了，在——”吴梓晗在脑中快速地寻找。

马千惠说：“公园。”

“对！”大家异口同声。

仔细辨认后，杨旸她们确定这个人就是公园里乞讨的老人。没想到这次在这里出了车祸，瞧把自行车都撞成这样，老人受伤肯定不轻。

她们想看看这件事到底如何收场。这时，那位老人的“儿子”把老人拖到车子前，对司机说：“你看，报案的话，我们都耗不起时间。一看你就是大老板，开的豪车，戴着钻戒，也不缺钱。你赔偿一万元，我把爹送到医院去治疗。这拍片、做核磁共振、开药，骨头有伤，怎么也要三四个月，这个钱不多。”

人群中，有人提议还是请警察解决，也有人说一万也不多，做生意时间就是金钱啊。见司机不肯出钱，那人说："这样，给八千，不能再少了。给钱开车走，从此，与你无关。"

司机还是一动不动。那人急了："六千。你不会六千都不想给吧。"

司机说："我还是报警吧。"

那人就要去抢司机的手机，坐在地上的老人突然躺下了，口吐白沫。这下，周围的人纷纷指责司机的不对，说救人要紧。大家凑过去围着老人。

这时，一辆巡逻的警车鸣着警笛经过，停了下来。两位警察拨开人群，看到躺在地上的老人，摘去老人的帽子。这时，司机说："警察同志，我车上有行车记录仪，我没有撞到老人，他偏要我赔偿他。"

警察似乎跟老人认识，说："起来吧，走两步试试。"老人站起来了，正准备要跑，被一个警察抓住手臂，拉进警车。这时，大家才恍然大悟，原来这是碰瓷啊。

警察对大家说："这位碰瓷的老人，应该还有同伙儿。"

"是有的，有个年轻人自称是老人的儿子。"人群中有人说。

"人呢？不能让他跑了。"警察说。

真奇怪！刚才还在向司机索赔的，怎么突然间就人间蒸发了呢？不知何时，那个"儿子"见形势不妙，神不知鬼不觉地悄然撤退。

杨旸走到警察身边，说："警察叔叔，我们在公园看到这位老人扮乞丐乞讨的。”

警察说：“是的。他装残疾，利用大家的同情心，骗取钱财，用碰瓷的手段骗钱。这些证据，我们已经掌握了。他的行骗，其实都是被不法分子利用。据我所知，老人是低保户，也是蛮可怜的。我们对他会批评教育，当然对他的晚年生活不会不理的。”

警车呼啸而去，人群散去。杨旸她们也在市民广场众多的舞蹈者中觅到一块空地，吴梓晗播放音乐《燃烧卡路里》，她们踩着节奏，跳起来。通过跳舞的方式，将瘦身进行到底。

## （四）

上午的班会课，于老师对同学们说：“九月初九是重阳节，又叫作‘敬老节’。我们学校六年级与敬老院结对，每周都有一个班级去看望老人，大家带些水果送给老人，带上劳动工具，帮老人打扫卫生。准备一些文艺节目，比如舞蹈、唱歌、乐器演奏，给老人们表演。后天是重阳节，正好轮到我们班，希望同学们迅速行动起来。”

马千惠与杨旸商量，把舞蹈《燃烧卡路里》表演给敬老院的爷爷奶奶看。杨旸说：“当然可以，是不是我们这四个人，太少了点，增加到十个人吧。”

马千惠在班上发布征集舞蹈人员名单，立刻凑足了十个人。其实，舞蹈的步子也很简单，勤于练习，大家很快就会了。

重阳节的下午，在于老师的带领下，同学们一路纵队来到敬老院。老爷爷、老奶奶们见到孩子们到了，都乐开了花。瞧，敬老院里忙得热火朝天。有的同学扫院子，有的同学擦窗户，有的同学拖地，有的同学叠被子，有的同学给老奶奶们梳头，有的给老爷爷捏捏后背揉揉肩……待窗明几净，一尘不染后，同学们搬来凳子，让爷爷奶奶们坐下。在院子里，老人们安静下来，这是他们最快乐的时刻。他们知道，孩子们要表演节目了。

第一个节目就是舞蹈《燃烧卡路里》，欢快的音乐响起，让人细胞里都注满活力。舞蹈队员，身材婀娜多姿，长发翩翩，有节奏地一会儿抬腿，一会儿伸胳膊，一会儿扭动腰姿。结束后，人群中的一位大爷，大声说："好!"带头鼓起了掌。

这次，杨旸和马千惠对视了一下，会心地笑了。因为她们看到了一个熟悉的身影，对，那位带头鼓掌的爷爷，就是乞讨碰瓷的爷爷。杨旸把这个情况悄悄地告诉徐玉瑶和吴梓晗，她俩小声说："我们也发现了。"

后来，杨旸特意关心了这位老人，敬老院的院长告诉她们，这位老人，已经融入了大家庭，再也不会到社会上行骗了。他对自己曾经的所作所为，做过深深地忏悔。现在他生活在这里，很快乐。

杨旸想：最美不过夕阳红！敬老院真是老人们的幸福家园，在这里老有所依，老有所乐。这些爷爷奶奶有的画画，有的打牌，有的弹琴，有的聊天……但愿以后有机会，再来看看他们。

# 11. 情暖大凉山

## （一）

冬日里暖阳朗照的时候，马千惠喜欢把被褥拿出来照晒。看着丝丝缕缕如金似银一样透明的阳光洒向整个大地的时候，心情如阳光一样明媚。等到晚上，拱在暖和的被褥里，闻着太阳的味道，感受太阳的温暖，美美地进入梦乡。

除了晒被子，她还喜欢坐在阳台上，眯着眼睛晒太阳。爸爸说过，晒太阳对人体是有很多好处的。多晒太阳，能够使人体获得维生素 D，促进钙质的吸收；晒太阳能够促进血液循环，增强人体的免疫力以及新陈代谢。晒太阳还能够预防皮肤病的发生，因为阳光中的紫外线，能够消除皮肤上的细菌。夏天担心皮肤会被晒黑，现在是冬天，完全不必担心。

突然，马千惠想到应该把鞋子放在阳光下暴晒，穿上去暖烘烘的，甭提有多舒服。于是，她把安踏运动鞋放在阳台上。这时，妈妈对马千惠说："小马，你爸后天从美国出差回来，想给你买个礼物。你想要什么呀?"

“哇，老爸太好了！我还没想好，让我想想。”马千惠高兴地拥抱妈妈。

“看，这是你爸给我买的口红、面膜、美肤美容液。”妈妈得意地翻着微信里的图片，笑着说，“就当他是免费的代购。”

“我没想好，随便爸爸买什么吧。”

这时，妈妈的手机里来了一条短信，妈妈看后对马千惠说：“给你买的一双鞋，前天晚上下的单，今天就到了。下午，我去菜鸟驿站去拿。”

“谢谢妈妈!”

学校里的橱窗里，正展出一批作品。这次作品与以往不同。以往，一般展示书法作品、绘画作品，其他展览的很少。印象中有一次展览过作文，那么长的文字，谁有那么多时间站在那里看呀？因此，虽然展览了，但是观展者寥寥无几。这次观看的同学很多，杨旸、马千惠、徐玉瑶、吴梓晗也忍不住过去看看。哇！原来是一组摄影作品展，都是我市摄影爱好者拍摄的，玉带桥小学的鲍老师爱好摄影，有多幅作品在展览。鲍老师指着其中的一副，对观展的同学说：“这是大凉山里的同学上学的情景，你看这个女孩的棉鞋前面破裂了，因为脚趾头把鞋面挤出两个小洞。”杨旸他们看到这一组图片都是大凉山孩子的照片，有的孩子衣服上的补丁一个接一个，有的孩子的棉衣都露出棉絮，有的孩子的衣服都褪了色，看着这些图片，仿佛身临其境，看到寒风中瑟瑟发抖的孩子。其实，他们和我们一般年纪，生活质量与我们大相径庭。怜悯之心油然而生。

“鲍老师，大凉山是哪儿的?”杨旸问。

鲍老师说：“在四川凉山彝族自治州。这次摄影展，就是号召同学们给那里的孩子捐物，你不穿的棉衣，你穿旧的鞋子，别扔了，把它送给大凉山的孩子。”

鲍老师说的正是学校发起的“暖冬行动”，今天的班会课上，于老师又发出了号召。同学们表示积极响应。

两天后，马千惠的爸爸回来了，给她带来一双库里球鞋。篮球迷的爸爸解释说：“这双鞋的好处是，低帮鞋口，穿着服帖，助您展现更加完美的运动能力，减震科技，降低运动时对脚部的强冲击力。”

“哇！这么棒！”马千惠惊叹起来。

“还不止这些。这双鞋还会增值，现在的价值是五千元，几年后，会增值到一万。因为这双鞋是限量版的。”

“哇！这么贵啊！”马千惠惊讶的嘴巴，能塞进一个苹果。她把鞋放进盒子里，怎么也舍不得穿。她要等到春节后穿，开学后穿。

## （二）

马千惠把“暖冬大凉山”的事告诉妈妈，妈妈说：“我家丫头有爱心，妈妈必须支持你。我和你爸也有旧衣服，你也帮着一起捐吧。”

“好的。”马千惠一边答应着，一边去衣橱里找旧衣服。这些衣服有些看起来还是新的，其实也没穿几天，记得有件衣服很漂亮，是白色的，奶奶说别穿脏了，难洗。后来，再穿时，发现袖子短了。

马千惠收拾了好几件，最后，她想今年有两双新鞋了，把脚上的这双送给大凉山的孩子吧。说着，她去找一双鞋盒子，把旧鞋放在盒子里。她取出爸爸给她买的限量版的库里运动鞋，穿在脚上试了试，跳了跳，软软舒服，弹性好。还是舍不得穿，又把鞋放在盒子里。把老妈买的安踏鞋拿来穿，这样跟旧鞋告别，还真舍不得。不过，想到它们能给大凉山孩子送去温暖，又觉得值，它们价值非凡。

第二天，同学们都把旧衣服带来，有的同学还带了新衣服，连商标都在上面。马千惠给他们一一做了登记。那些捐出去的衣服，堆起来像座小山，它们带着同学的爱心远赴大凉山，给那里的孩子们送去温暖。

杨旸代表少先队，给大凉山的同学们发了一段视频，送上祝福。接着，爱心公益基金会的老师们，用小卡车把同学们捐献的衣物装上车，驶离学校。学校的广播里，《爱的奉献》主题曲在循环播放，让人无处不感受到温暖。

期末考试过后，转眼寒假就要到了。一天，她们四个姐妹相约去黄海森林公园玩，看看那里冬天的水杉树。据说，在一阵阵的寒风下，走进树林，踩在树叶铺的地毯上，特别柔软。

寂静的树林里，有大小不一的树叶，有奇形怪状的树叶，也有干枯的树叶，那树上的鸟窝在冬天特别引人注目。还有黄海森林里的小木屋，精致美观。马千惠准备穿上爸爸给她买的限量版的库里运动鞋，可是怎么找都找不着。反而，那双旧鞋放在鞋盒里。这是怎么回事呢？

见马千惠迟迟没到，杨旸、徐玉瑶和吴梓晗一起到马千惠家里等。马千惠泪流满面，杨旸她们感到很奇怪，忙安慰道："小马，怎么了？谁惹你生气了？"

马千惠抽泣起来，一看就非常伤心。

"到底怎么了？说出来，我们来帮帮你。"徐玉瑶说。

等马千惠心情平静后，她告诉大家："都是我糊涂啊。那天，我把旧鞋装在老爸买的新鞋的鞋盒里，又把老爸买的鞋放在老妈买的新鞋的盒子里。结果，我拿错鞋盒，把那双限量版的运动鞋捐赠了。"

"啊！小马，你真是的，怎能这么糊涂呢！"吴梓晗嗔怪道。

"现在说这个，已经于事无补了。咱们得想办法，看看能不能把鞋要回来。"杨旸说。

"送出去的鞋，就像泼出门的水，怎么可能收回来？"徐玉瑶说。

"你看，今天离捐赠那天才过去五天，说不定还在市里。只要还在市里，就可以到爱心公益基金会要回来。"杨旸说。

听杨旸这么一说，马千惠立马来了精神。她们决定去市里的爱心公益基金会办公室去看看。

四个人到了那里，乔主任说："已经赠送了一部分，还没有全送走。现在还有不少好心人把棉衣送过来。"什么？已经送了一部分。马千惠的心凉了半截，但还是带着一丝希望跟着乔主任来到仓库。那里堆放的都是成人的衣服和鞋，还有几个鞋盒，依次打开，都是成人穿的旧鞋。唉！最后的希望也破灭了！

乔主任说："这位同学，你的捐献是最有爱心的。予人玫瑰，手有余香。人家都是把自己不要的送人。你把自己心爱的东西送人，更值得点赞。"说着，向她竖起大拇指。

回来的路上，马千惠深有感触地说："己所不欲，勿施于人。如果把自己所欲的东西，赠送给人，才是最宝贵的。但愿那双新鞋给大凉山的孩子带来温暖和快乐！"

"嗯！此处应该有掌声！"杨旸带头给马千惠鼓掌。

（三）

寒假，是孩子们最愉快的时候。春节期间，走亲访友，几乎天天是满汉全席。所到之处，张灯结彩，一派祥和喜庆的节日气氛。

除夕之夜，杨旸等着盼着舅舅一家从上海到家里吃团圆饭。去年是杨旸一家去上海过年的，今年约好了到杨旸家过年。奶奶、妈妈、外公、外婆忙着包饺子，爷爷忙着做菜，爸爸搬来大圆桌子，这张桌子能坐二十二个人，平常只是寂寞地待在一角，只有到了节日的时候，才会发挥它的作用。这样桌子的好处就是插上电源，菜在上面都是保温的。桌子上的满汉全席都依次呈现，筷子、杯子、碗、碟子也已经放好了，凳子已经摆上。现在是万事俱备，只欠东风，就等舅舅一家的到来。

舅舅是公务员，舅妈是军医，平常很少回来，春节假期长一些，才有空与家人团聚。外公看看手表说："早就过了苏通大桥，怎么还没到啊？"

外婆嗔怪道："急什么呀？你以为开的是飞机啊！"

妈妈说："二老放心！路上回来的人多，能不堵车就不错了。应该快了吧！"

外公打开电视，电视里正在上演喜洋洋的节目。歌曲都是带有节日色彩的，都是万家团圆的主题。外公比较喜欢看新闻，他调到中央电视台综合频道，正好是爷爷喜欢的新闻节目。节目里说，武汉有一种新型的冠状病毒，感染了不少人，让广大市民注意防范，要戴口罩、勤洗手。

这时，门铃响了，舅舅一家到了。那年仅五岁的小表妹嘴巴真甜，挨个儿叫了一遍，当然也收获了大把的红包。正当大家坐下，准备吃年夜饭时，小表妹拿着舅妈的手机说："妈妈，你有五个未接来电。"舅妈一看，果然是五个，都是院长打来的。她让大家安静，用免提回拨过去。"嘟——"电话通了，没等这头说话，那头的周院长急切地说："李主任，现在在哪里？"

"我到了江苏老家过年了。"舅妈说。

“赶快回上海，立刻马上，十点前到医院报到。”周院长命令道。

“怎么了？出什么事吗？”舅妈脸色立刻变了，紧张地问。

“武汉疫情严重，需要我们军医。咱们是军人，服从命令，听党指挥，赶快回医院报到，赶赴武汉，打响疫情战役。”

“是。马上出发。”

“当然，要跟家人做好解释工作，安顿好孩子。”周院长的话中包含柔情。

“好的。我这就回上海。”

家里的气氛凝固了，大家都不说话。小表妹说：“妈妈，是不是我们还要回去啊？”

“嗯，是的。”

“我不想回去，我和爸爸在这里，你自己回去吧。”小表妹嘟着小嘴。

舅舅发话了：“晚上妈妈一人开长途不安全，我们陪妈妈吧。”

外婆叹气道：“这饭还没吃，凳子还没坐热，就要走，最起码吃了饭再走啊。”

外公从厨房走出来，手里拎着保温桶，递给舅舅说：“就你心疼孩子，孩子工作需要，也是没有办法。这饺子在路上吃吧，赶快走吧，现在出发，十点前还能赶到医院。”

尽管杨旸也有很多不舍，但是知道大人的决策是对的。都怪病毒，搅了大家的兴。这一家人虽然在一起吃饭，还是牵挂着舅舅一家。外公不时地打个电话，询问到哪儿了。

第二天是春节，新闻里报道，武汉疫情蔓延，形势严峻，要求大家不拜年，少串门，不聚餐。出门务必戴口罩，勤洗手，常通风。小区的宣传标语张贴在墙上，街上的宣传车的喇叭走到哪里，宣传到哪里。手机里的抖音、快闪、好视频等宣传防疫。这个春节假期，大街上没有人来人往，车水马龙，饭店、美容店大门紧锁，只有几家水果店和服装店开门了，以前用的高音喇叭招揽生意，现在都搁置不用，变得静悄悄的。

杨旸在家刷小视频时，有一个视频触动了她，歌星韩红向武汉捐款一千多万。杨旸想：我没有那么多钱，但是我也要捐款。她把想法在微信上跟徐玉瑶、马千惠、吴梓晗说了。

马千惠说："别捐钱吧，我们捐物。"

徐玉瑶问："好主意。捐什么物呢？总不能捐衣服、鞋子吧？"

马千惠说："你以为还像上次那样啊！捐点灾区人民需要的东西。"

吴梓晗说："今天我刷到一个视频，说有一个年轻的叔叔把一包医用口罩送到警察局门口就走了，警察非常感动。我们也送口罩吧。"

"这是个好主意。可是我们能到哪里买到口罩呢？现在药店里买口罩都是限购，一次只能买两个。"杨旸说。

“不仅难买，而且价格也是一路飙升。听说有的商家已经卖到 20 元一只了。”马千惠说。

“那怎么办?”徐玉瑶问。

大家都默不作声，因为想献爱心，但是没有渠道。就像古人言：君子爱财，取之有道。我们要奉献，但是没有路子。这就是“奉献无门”。

几天后，马千惠在群里告诉大家，她爸爸的朋友厂里生产医用口罩。现在生产的产品全被政府征用了，不过可以帮我们预留一点，寄往武汉，完成我们的爱心之举。

大家兴奋起来，在商量捐多少钱的物资。杨旸说：“我出一千吧，妈妈就给我这么多，其余的都被妈妈保管了。”

“唉！甭提了，我的钱也在妈妈那里，昨天我好说歹说，才勉强给我一千，我也出一千。”徐玉瑶说。

马千惠和吴梓晗也出一千，她们四人凑了四千，由马千惠负责提供货源。当然，这些事情都是得到父母的支持的。当马千惠爸爸帮孩子们把口罩发往武汉雷神山医院时，特意拍了照片和小视频，全程向孩子们报道。

几天后，杨旸、马千惠、徐玉瑶、吴梓晗收到来自武汉雷神山医院的捐赠证书，她们感到一股暖流涌遍全身，在物资短缺的灾区，她们用自己的压岁钱为武汉献出一份爱心！一方有难，八方支援。虽然她们不能像杨旸的舅妈一样，去与病毒直接厮杀，但是她们用间接的方法支援，这个冬天，武汉会因她们而温暖！

# 12 快　闪

## （一）

五月。

太阳失去了春天时的那份温柔，像火球火辣辣地照着大地，似乎要散发出全部热量。风吹过，一棵棵树像一位位美丽善良的少女，扭动着细软的腰肢，摆着翠绿的连衣裙，跳起优美的舞蹈。树旁边有各色各样的野花，仿佛在精神十足地梳妆打扮，准备迎接花儿音乐会。她们用绚丽的阳光做胭脂，涂红娇美的脸蛋；用金色的晚霞做长裙，套上柔韧的腰肢；向小河姐姐要一朵浪花，插在自己五彩的秀发上。

真是光阴似箭啊，一转眼，六年的小学生涯快到尾声。杨旸看着窗外的美景，回想着这里的草坪、小溪、银杏、竹亭，是我们永远依恋的百草园；操场上，还留着我们奔跑的矫健的身影；教室里，还回响着我们朗朗的读书声；多少个在一起的春秋，每一次游戏，每一次探讨，每一次争吵，都会在两个月后成为永久的回忆。

她想到林海音的小说《城南旧事》中的英子，曾经羡慕大哥哥大姐姐唱毕业歌，心想：什么时候轮到我唱毕业歌？那时，她认为毕业离自己很遥远。不知不觉，当“长亭外，古道边，芳草碧连天……”的毕业歌，从她口中唱出，她恍惚间才意识到原来我毕业了，我长大了。

“大队长，发什么愣呢?”徐玉瑶来到杨旸身边，拍了她的肩膀，把杨旸从胡思乱想中拉了回来。

“没什么，想到快要毕业了，童年就快走了……”

徐玉瑶打断杨旸的话，说：“收起你的多愁善感吧！去想快乐的事情。下个月就是儿童节了，这次儿童节文艺演出的主题是什么?”

马千惠也走来了，说：“去年是蓓蕾初放，今年这朵花肯定开放了，可能叫蓓蕾怒放。”

“既然是怒放了，怎么还是蓓蕾呀？蓓蕾就是含苞未放的花儿，这个很矛盾。”吴梓晗也加入讨论的行列中。

“不一定非用花儿为主题，也可以是其他的。如果一定是花儿为主题，我想这个题目比较好——”杨旸故意卖关子。

“快说吧。”三人异口同声。

“开花玉带桥。”杨旸说。

“玉带桥是地名，如果不是在我们学校演出，而是到王昆大剧院呢，总不能叫花开大剧院吧?”徐玉瑶反对道。

“嗯，有道理。”杨旸顿了顿，突然眼前一亮，说，“叫花开新时代。”

“好!”三人不约而同地鼓掌。

“当然，我们说了不算，这些事自有学校领导操心。”杨旸说。

“位卑未敢忘忧国。”马千惠说。

“处江湖之远则忧其君。”徐玉瑶说。

“肉食者未能远谋。”吴梓晗说。

杨旸笑着说：“士别三日，当刮目相看。你们一个个文绉绉的，忧国忧民，这都学的哪儿的?”

她们笑了。

这天，班主任于老师对同学们说：“今年的文艺汇演的主题是‘花开新时代’。我们是最后一次参加演出了。这次演出地点在王昆大剧院，对于能不能登上那个舞台，主要取决于我们能否拿出像样的节目。这个任务交给杨旸、马千惠和吴梓晗负责。我记得你们五年级的时候，那个少数民族舞蹈《甩辫子》，就排得非常好。

“这次的演出时间是两个小时，但是全校这么多班级，不可能所有班级都能上。上台表演的节目也是经过层层选拔的，对于我们六年级来说，学习还是优先照顾的，毕竟这是大家最后一次在学校表演，优先让六年级的节目上。”

于老师的话，让同学们的眼前一亮，今年班级上台表演有戏了。杨旸高兴的是，校领导定的主题题目与自己想的不谋而合，这真是英雄所见略同。

（二）

五月下旬。每个班级都是边学习，边编排节目。杨旸班级的节目是一组串烧歌曲的舞蹈，有儿童歌曲，有通俗歌曲，有网红歌曲，她们根据这些歌曲的节奏，编排舞蹈。这次选择的演员也是比较多的，所有女生全部上台，她们要在毕业季留下美好的回忆。

自习课上，女生们都去排练去了，班里就剩下男生了。于老师说：“做完作业的同学，可以玩‘诗词大会’的游戏。”听说可以玩游戏，男同学心里也平衡了，甚至还有点偷偷乐。

于老师出示了一张 PPT，说出带有“月”的诗句。男生们立刻举手回答。

“窗前明月光，疑是地上霜。”

“秦时明月汉时关，万里长征人未还。”

“月上柳梢头，人约黄昏后。”

“举头望明月，低头思故乡。”

“举杯邀明月，对影成三人。”

“春风又绿江南岸，明月何时照我还。”

……

男同学的回答，此起彼伏。于老师说：“很好！这种方式，用娱乐的形式，既让我们开心，又复习了知识。同时，也让老师知道哪些同学的知识面宽。现在老师去看看跳舞的同学，请吴海洋来主持吧。”

吴海洋像董卿一样，对大家说：“诗词大会继续进行。这次咱们以中间为分界线，分为南北两组。请看题。”这次课件出示的题目是：说出“离别”有关的诗句。

南边的夏小天说：“故人西辞黄鹤楼，烟花三月下扬州。我们组得一分。”

北边的姜俊扬说：“太简单了，张口就来。劝君更尽一杯酒，西出阳关无故人。”

“海内存知己，天涯若比邻。”

“寒雨连江夜入吴，平明送客楚山孤。”

“长亭外，古道边，芳草碧连天。”

……

越往后说越难，因为学过的古诗都被前面的人说过了。马一鸣说：“别说了，多无聊啊。女生去跳舞，叫我们学习，唉，多没劲儿。”

“是啊，忒没意思。”立刻好多人附和。

有的男同学以上洗手间为名，偷偷去看女同学跳舞。只见女同学们在吴梓晗的带领下，练习舞步，手脚配合，虽然没有统一的服装，但是动作整齐划一，也很美观，充满少年的蓬勃朝气。

“马一鸣、刘玉晨、张雷过来。”于老师厉声喝道。

三个偷看的同学被于老师抓个正着。于老师让他们罚抄课文一篇。他们三人气呼呼地到了教室，一言不发，眼泪在眼眶里直打转。

下课了，马一鸣边流泪边抄写课文。同桌张雷气呼呼地说：“凭什么让我们罚抄？”

马一鸣停下手中的笔说：“这个儿童节，别过了，有什么意思，都是女生的节日。女生过节，男生靠边。”

徐玉瑶说：“马一鸣，这话我就不爱听了。女生不也是为班级争光吗？你是班级的一员，你忍心看到我们班上没有节目表演？再说了，都是女生表演，插个男生在里面，好看吗？”

马一鸣争辩道：“我不是说女生跳舞不好，而是说过儿童节都没有男生什么事儿。我们去偷偷欣赏吧，老师还让我罚抄，这儿童节不过也罢。”

“爱过不过，随你的便。”徐玉瑶生气地说。

见徐玉瑶生气了，马一鸣反而乐了，眼角还挂着眼泪，嬉笑着说：“谁说我不过的，我们男生自己过。”

此后，班级里的男生们蠢蠢欲动，据说他们在谋划男生儿童节。

（三）

早晨，早读课后是升旗仪式。雄壮的国歌声中，五星红旗冉冉升起。升旗仪式后，各班排着整齐的队伍回教室。杨旸的班级与众不同的是晨跑，于老师每天都要求同学围绕操场跑两圈。除了阴雨天例外，已经成为班级的常规了。你瞧，在班长马千惠的带领下，同学们挥动双臂，迈起步伐，喊着响亮口号：一、二、三、四。两圈下来，同学们大口大口地喘气，心里像揣着小鹿在快速地跳动，浑身感觉很舒服，这大概就是运动的魅力吧。

走在路上，徐玉瑶对杨旸说："听说咱们班级要闹分裂。"

"分裂？不会吧？难不成要变成两个班？"杨旸不解地问。

"你不知道吧？男生们要单独过儿童节。他们自己编排节目，自编自导，自娱自乐，还叫板要与女生的节目比一比。"徐玉瑶说。

"比什么呀？再好的节目也无人欣赏。他们再这样闹，我告诉老师去。"马千惠不屑地说。

"小马，你除了打小报告，还能干吗？"杨旸瞪了马千惠一眼，嗤之以鼻说，"还是班长呢？就不能自己动脑筋，增强班级凝聚力。你打小报告，老师惩罚他们，他们心里更加怨恨女生，能不分裂吗？"

"那怎么办？"马千惠问。

"不要问我怎么办，咱们都是班干，都去想办法。只有信心不滑坡，办法总比困难多。"杨旸充满自信地说。

下午，一节课后，各班都去彩排节目了。明天要到年级组去选拔，通过了才有资格到学校总部审核。因此，女生们练习得都非常认真，每个动作确保到位，动作整齐。没想到，一只鸟儿掠过她们头顶飞过，更可气的是竟然把白色的鸟屎滴到她们的衣服上。看到女同学避让小鸟的窘态，马一鸣就觉得好笑。这时，一旁的唢呐声响起了《水浒传》的旋律：该出手时就出手啊，风风火火闯九州啊。杨旸一看，原来是姜俊扬在吹唢呐。“嘘——”马一鸣一声口哨，刚才那只拉屎的鸟儿飞到马一鸣的肩上。仔细端详，这只小巧玲珑的鸟儿非常漂亮。它头上的羽毛像黄色的头巾，一双眼睛闪闪发光。眼睛周围有一道白色的羽毛，那道白毛像是它的眉毛，使得它的眼睛显得格外有神，一张小嘴是淡黄的、尖尖的。背上的羽毛像深黄色的外衣，腹部的羽毛像灰黄色的衬衫，尾巴是黑色的，像一把半开的扇子。一对淡黄色的爪子紧紧站在马一鸣的肩上。它鸣声清脆响亮，给人一种喜悦振奋的感觉。

“这是什么鸟？”杨旸问。

“不知道吧。”马一鸣得意起来，嘴角扬起了弧度，说，“画眉鸟。我还能学它说话。”

马一鸣把鸟放进鸟笼里，“啾啾啾啾”地与画眉鸟对话，那声音还真像画眉鸟发出来的。原来，马一鸣的口技这么棒！杨旸心里暗暗赞叹。

“快看，老师来了，赶快练习吧。”不知谁说了一句，女生们赶紧就位，音乐响起来了。男生不知是诈，赶忙向一路小跑，向教室奔去。看着男生们的狼狈样，徐玉瑶等同学哈哈大笑。

不知为什么，杨旸就是笑不出来了。

第二天，班主任于老师在班上通报一个喜讯："同学们，经过大家的努力，咱们的舞蹈节目，已经过了初审和复审，也就是说拿到了通向王昆大剧院的门票了。向辛苦的同学致以热烈的掌声！"

左手和右手的手心撞击，发出"啪啪啪啪"的声响。杨旸的同桌路小曼说："你看旁边的男同学鼓掌。"杨旸看到有的男生用左右手的手背，交叉撞击，发出"砰砰砰"的不协调的声响。一看，就明白男生在勉强鼓掌，师命难违，又心不情愿。

下课后，杨旸问马一鸣："你怎么会用手背鼓掌呢？什么意思？"

"没什么意思，我乐意。"

"是不是勉强鼓掌？"

"没有啊，你们为班级争光，我们还搞破坏，确实不对。不过，我们男生也要过我们的儿童节。"马一鸣的语气，隐含着不服气的意思。

"你们男生都有什么节目？说来听听。"杨旸好像特别感兴趣。

"你们男生能有什么好节目？"路小曼说。

路小曼的话是反问句，答案用强烈的语气表达了，她的话就是激将法。马一鸣说："别小看男生，我会口技，能呼唤画眉鸟，这你们应该见识过吧？"

"嗯，是的。"杨旸点头赞同。

“姜俊扬会吹唢呐，刘玉晨会山东快板，郝文斌会架子鼓，李亮会吹笛子，徐文杰会吹口琴，张雷、王逸、刘飞、张子豪会街舞，缪海华的声乐在省里还拿过金奖。”

听着马一鸣如数家珍般地列出男生的才艺，杨旸忽然觉得男生的诉求有道理。是的，在小学里，经常会出现小组长是女生，学习委员是女生，班长是女生。女生顶了班级的整个天，男生似乎只能做配角，做绿叶陪衬。如果不是马一鸣所说，她还真不知道班里有这么多多才多艺的男生。

“不是我们不让你们男生参加，而是其他班都是这样的。”马千惠安慰道。

马一鸣据理力争：“不对吧。你们六年级二班、三班、四班、六班都是全体同学参加的。他们表演的是大合唱，我们五班为什么不用大合唱？我们男生也可以参加呀。”

“我们节目都排了这么久了，你们提意见也要早点提。”马千惠说。

“由他们男生去排吧，我们表演还有观众，你们的演出，连观众都没有。”徐玉瑶说。

马一鸣不回答，低着头默默走了。

晚上，月亮爬上了树梢，放出皎洁的光芒，给大地镀上一层银色。夜，显得幽静。不一会儿，楼前的空地上就沸腾起来了，青蛙的叫声响成一片，连月儿也透过树缝悄悄地张望。一两颗星星在它的光芒旁眨着眼睛，无边无际的空中它显得并不孤单。月亮、星星给天空增添了诗情画意。

看着玉盘似的月亮，杨旸遐想万千。那晶亮闪耀的密集的星群，恰似瀑布飞溅的火花。她乐于同星星交流感情，喜欢跟月亮说悄悄话。如果星星月亮举办一个文艺节目，能否让我也参加？假如班级是一个圆月，男生女生各占一半，现在这个月亮只有一半显露出来，另一半隐藏起来，清辉自然没有圆月皎洁。可是男生的节目繁多，都是各自为政，怎么统一呢？

杨旸心烦意燥的时候，常常喜欢看看风景，或者拿起手机刷刷抖音。她在刷抖音时，有一则视频激发了她的灵感。那则视频是热闹的广场上，突然有人在弹琴，然后步行的人停下唱歌，整个过程很自然，好像没有人导演，大家自然聚在一起表演一个节目。这种形式叫什么呀？

妈妈说："这叫快闪。是一种行为艺术。说得简单点，一群人迅速聚在一起，表演一个短节目，然后又迅速闪开。"

这对于第一次听说快闪的杨旸来说，十分新奇。妈妈给她讲了一个快闪的故事：某一天，城市广场中心突然围聚了一批20世纪70年代模样的人士，一百来人，典型的Hiphop装扮；他们高举着手机，头仰望天，喃喃自语，一时间广场弥漫各种方言，广州话、客家话、潮汕话充斥耳边，煞是新奇。突然有人洪亮一声喊："我们爱菠萝，正如广州爱时尚。"接二连三，此起彼伏，最后竟成了"大合喊"，这一过程整整持续了3分33秒有余；待喊声落毕，哗的一声巨响，人群飞快四处逃散。这是广州某大学三年级学生 Topku 发表在网上的一份假象行动。

妈妈说："'快闪行为'指比较多人相聚同一个地方做统一的歌唱舞蹈，然后用视频记录下来。表面看是没有组织的，其实幕后是有导演的。组织者要营造出看似很乱的假象来。"

杨旸惊奇地问："这也能成为艺术?"

"当然能。世界上有很多国家都出现过快闪的行为艺术。"见杨旸还想问，妈妈提醒道，"明天还要上课，早点睡，宝贝!"

"好的，妈妈晚安!"

"晚安!"

## (四)

下午，阳光透过银杏树的密密层层的叶子，形成的树荫像个盖子遮在地上。树荫下的小草青翠欲滴，惹人喜爱。池塘里的清水正倒映着教学大楼和长廊，这让杨旸想起一句描写夏日景色的诗句：绿树荫浓夏日长，亭台楼阁入池塘。

杨旸、马千惠、徐玉瑶、吴梓晗坐在树荫下的长椅上商量。徐玉瑶说："我也想帮助男生，可是我没想到办法。"

"我也是。"马千惠和吴梓晗跟着附和道。

现在形成了两派，杨旸是一个阵营，徐玉瑶、马千惠和吴梓晗是一个阵营。杨旸想：少数肯定会服从多数，但是也不一定，老师不是说过，真理往往掌握在少数人手中。希望我就是掌握真理的人。

这时，马一鸣带着手机来了，说：“谁说我们男生表演没有观众，你们瞧瞧，我们把视频发到朋友圈，收获很多赞呢！”

杨旸、徐玉瑶、马千惠、吴梓晗一看，还真不少，杨旸化用了一句诗句说：“朋友圈里看表演，获取赞声一片。”

“大队长，才女啊！随口就说一句诗。”马一鸣给她竖起大拇指。

“我倒有个想法，在现有的节目基础上，重新整合编排出一个节目。”杨旸若有所思地说。

“什么现有的基础上？怎么出新节目？”

杨旸说：“我们可以做第一个吃螃蟹的人。”

徐玉瑶来摸杨旸额头：“杨旸，怎么了？是不是发烧了？”

杨旸分享了自己的想法：把男生的节目和女生的节目融合，用快闪的形式，先由男生自由地表演，然后，女生加入进来，最后大家一起合唱。

“杨旸，这种方式倒是蛮新颖的，就是太随意了，太乱了，不好把握。”徐玉瑶说。

马一鸣来了兴趣，说：“这种方式好！我赞同。杨旸你来做导演策划，我负责男生的节目彩排。”

“不行，我们的节目都通过审核了，现在想换，怎么可能？这不是儿戏。再说，于老师肯定也不会同意的。”马千惠坚决反对。

“你不同意可以不参加。我们做我们的，即使没有舞台，我们也要做，我们把微信朋友圈和 QQ 群、微信群做表演的舞台。”马一鸣生怕事情被搅黄了。

“选什么歌曲呢？”马千惠见大家都赞同，也见风使舵，加入同意的行列。

“其他班级都是合唱的《我和我的祖国》，我们也唱这个。”杨旸提议道，大家都赞同。

杨旸把自己的策划创意跟大家说了，大家分工合作。当然，这些事情都是背着班主任偷偷地去做的。没想到，此时的班级空前团结，男孩女孩是一个集体，拧成一股积极向上的绳子。以前，彼此之间有点小矛盾，都被眼前共同的目标化解了。

杨旸还是觉得要跟班主任申请一下，看看班主任的意见，倘若不同意，我们自己搞；万一同意了，不是更好吗？

班主任于老师说：“杨旸，讲什么笑话？下周就要彩排了，怎么可能换节目？再说这个节目，是学校审核通过的。你们就是重新排节目，审核都不一定通过的。”

杨旸还想再争取一下，说：“我们排好了，给学校领导看看，如果审核通过了，不就可以替换吗？”

“不可能。”

班主任的三个字，如山一般沉重，杨旸不再说话，走了。

走出办公室，心里忐忑不安的马一鸣追着杨旸问：“大队长，于老师怎么说？”

“于老师不同意。”

“我就知道她会这么说。”

“没事儿，我们不以上台表演为目标，工作还是要正常进行。明天是周六，我们去西溪宋城表演，看看效果如何。”杨旸说。

“好的。明天我让我爸去拍摄。”马一鸣高兴地说。

暖阳下，迎风吹。一群孩子在宋城广场嬉戏，你瞧，马一鸣提着鸟笼逗着画眉鸟，他打开鸟笼的门，画眉鸟飞出鸟笼，在古老的城墙上盘旋，然后又落到他肩上，与他对话。一群爱跳街舞的孩子，动作整齐，英姿潇洒。手执快板的刘玉晨吸引了老外注意的目光。女同学的舞蹈被突然奏响的小提琴《我和我的祖国》的悠扬旋律打断，接着笛子、二胡、口琴等乐器加入，缪海华嘹亮的歌声如百灵鸟一般，“我和我的祖国，一刻也不能分割……”最后，男生女生都加入歌唱中来。一位老外用中文说：“哇！太棒了！快闪！”周围的观众响起了持久的掌声。几个保安跑来，以为出了什么事。

刚才的一幕很多人用手机记录下来。于是，朋友圈里、群里、抖音、网上，都有这个视频，一时间，手机被玉带桥小学的快闪刷屏了。

当然，这个视频也被于老师看到了，也被校长看到了，也被“花开新时代”的总导演看到了。那位导演打电话给玉带桥小学的王校长，要求增加这个节目，太有创意了。王校长再吩咐办公室调查了解，要求班级增加这个节目。

当于老师在班上展示学校里的审核通知书时，那一刻，教室里一片欢腾。

## （五）

“杨旸，到楼下拍电影啦。”徐玉瑶边说边往楼下走。

“知道了。”杨旸随声应到。

毕业后，家长们通常都会联系影楼或文化公司，制作小电影记录孩子们的小学生活。杨旸想静一静，独自一人坐在教室里，翻看日记，看看流走的岁月。

“5 月 31 日　我们在王昆大剧院表演快闪，节目非常成功。事后，同学们都很感动，是我们自己争取到意想不到的机会。有的男生像个女孩子似的哭了，这是他们第一次表演，他们倍感珍惜。”

再往前翻，日子化成一张张纸，化成一个个文字，化成一幅幅画面。杨旸亲了亲自己的桌子、椅子，走到黑板前，再去擦一擦黑板。她知道“铁打的班级，流水的学生”，过了夏天，教室里还会坐满学生，黑板上还会写字，电视课件还会播放，只是那时坐的不是我们。我们开启了中学模式，这里就成了童年的回忆。

# 后　记

我是一个喜欢文字和弹钢琴的姑娘。我很高兴能在我的文字里与你相遇，我愿用最温情的笔触，陪你把生活过成诗。

起初喜欢阅读的我，陶醉在别人文字里的故事中。我羡慕作家笔下鲜活的人物，精彩的故事。我也有想创作的冲动，但是往往是只写了开头，便束之高阁。我感到写出好作文都难，又谈何写小说呢？而且我也很好奇，生活平平淡淡，哪里会有那么多的故事？

青年作家姚永东是我写作道路上的启蒙老师，他告诫我，不要好高骛远，仔细去观察生活、体验生活，从身边的小事写起，讲好身边的故事。于是我静下心来，用发现的眼光去寻找，那些不经意的小事，已然悄悄拨动我的心弦。于是，我用自己写下的一个一个文字、一行一行诗句、一段一段话语，来真挚地传达自己的想法和心声，这是一件多么快乐而值得自豪的事情呀！回头看，这些故事或热闹，或沉静；或刚硬，或柔美；

或素朴地叙述，或张扬地表达……它们记录我们身边的人人事事，走兽虫鱼，它们描摹我的心灵图景和想象世界，它们记录了我的感动、欢喜、悲伤、震撼、惊讶、困惑、烦恼、反省……

一篇篇随笔作文就是我成长的时光。时光对于我们每一个人都是公平的，它安安静静地在宇宙间流淌，我们每一个人都将在时光之河里慢慢长大。

蓦然回首，所有的过往都模糊成了一片。翻看这些随笔文字，所有的经历又清晰可见。记载的文字，就是在自己的成长路上敲下了的一个个小小的印章，有的印章可能不太清晰，有的可能歪歪斜斜，但它们终将连成一条线，指向远离出发地的远方……

有了生活的积累，我把身边的故事进行创作，于是就有了这本小说《花开新时代》。这十多个故事，展现了童年的生活和丰富的内心世界。我知道写得还很稚嫩，能获得出版机会是江苏凤凰文艺出版社老师对我的厚爱。

为自己的成长岁月敲下一枚一枚有滋有味的印章，你就会发现，原来，曾经对文字的亲近，对文学的热爱，在一个人的世界里是一个多么重要而温暖的存在啊！

我们的时光，盛放在岁月的花篮里。动起笔来，让我们在时光深处，一起分享每一朵生命之花的绚烂吧！